미생 이야기 2

세상을 바라보는 아름다운 눈

미생 美生
이야기 2

이강만 지음

이른아침

차례

작가의 변　　　　　　　　　　　8

미생 이야기는 이렇게 시작했다　　10

글을 쓰는 이유　　　　　　　　13

STORY 01

익숙함 _
그 이름은
벗

행운이 가득한 마당　　　　　　18

상갓집에 빠지지 않는 언론사 사장　23

시작하기에 늦는 것은 없다　　　26

물리지 않는 미나리　　　　　　29

30년 공백을 이어준 기고문　　　32

묵묵히 헌신하는 친구　　　　　35

닭갈비에 실려온 온정　　　　　39

영원한 라이벌　　　　　　　　43

안타까운 이별　　　　　　　　46

농사 아닌 노무사　　　　　　　50

편리한 낯가림　　　　　　　　54

억척이 친구들　　　　　　　　57

눈에서 멀어지면(Out of sight)　　60

STORY 02

편안함 _
가족의
또 다른 이름

하나님의 가족	64
큰 버팀목을 잃은 슬픔	68
현명한 거절	72
복습 공책	76
세렌디피티	79
요리 배틀	84
근자감 회복	88
요지부동과 충고 사이	92
달콤한 입원 생활	95
만 원의 행복	98
인생 보물지도	102

STORY 03

기댐 _
존경하는
어른

법 만드는 청소부	108
회자정리(會者定離)	113
거자필반(去者必反)	117
인지이다행(人知而多幸)	120
사람은 무엇으로 사는가?	123
퇴임 후 봉사활동 준비	127
윤동주와 팔복	131
아, 2월 14일	135

STORY 04

설렘 _
세상과 활짝
만나는 지점

이스탄불, 동로마제국	142
우연히 만난 외국인	145
군대 후배 아들의 돌잔치	149
궁금하면 물어보세요	152
유쾌한 800	156
북 콘서트	160
안보견학	165
자부심	169
내려놓음	174
기억력 유감	177

STORY 05

불편함 _
뒤집으면
변화와 혁신

끊임없이 도전하는 책임대표사원	182
좋은 결과에는 고통이 따른다	187
자격증 강박	190
작은 변화	193
인터뷰	197
평판	201
파격과 혁신	205
혁신과 따뜻함	210
산천의구	214
1만 시간의 법칙	218
희망고문	221

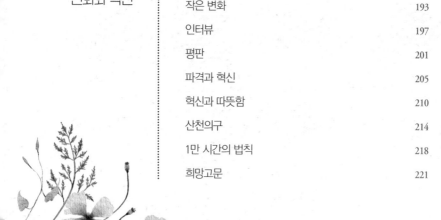

STORY 06

나눔 _
주위를
돌아보는
여유

나도 이제 아녀다 228

선한 영향력 231

원서문학관 235

소금과 베풂 238

아이들과 놀기 241

Give, 기부 그리고 팔복 244

신과의 약속 248

STORY 07

잊혀지고
싶지 않은
또 다른
이야기

신음이 없다고 아픔이 없는 것이 아님을 252

지지받지 못하는 권력의 위기 254

새해 257

손수건의 추억 260

징크스 266

불꽃축제 270

친절한 경찰씨 275

되돌아온 지갑 279

팽목항의 슬픔 283

간절함은 절박함의 또 다른 모습이다 286

처음과 끝 290

화이트, 화이트, 화이트 294

견제되지 않는 권력의 위기 298

작가의 변

꼬맹이 아가씨를 만난 건 어느 복지시설 봉사활동 때입니다. 그의 존재를 안 것은 훨씬 이전이지만 대면은 그때가 처음이었지요. 활짝 웃는 모습이 자신을 닮아서 꽤 마음이 갔는데 김밥을 마는 솜씨도 야무지고 그림을 그리는 솜씨나 색감을 보는 눈이 탁월해서 장래에 무언가 일을 낼 것 같았습니다. 미생 이야기 두 번째 책을 준비하면서 공동작업을 제안했더니 흔쾌히 동의해 주더군요. 미래의 유명 미술가와 함께하는 영광을 참으로 우연히 갖게 된 것인지도 모르겠습니다.

글을 쓰는 일은 그런대로 할 만합니다. 그러나 이를 많은 사람 앞에 내보이는 것은 쉬운 일이 아닙니다. 자신이 몰래 감추어 둔 내면 한 켠을 들키게 되는 위험을 감수해야 하니까요. 그럼에도 불구하고 '미생 이야기'라는 타이틀 하나만으로도 견딜 만하다는 생각을 했습니다. 그것이 두 번째 무모한 도전으로 이끈 것이겠지요. 내발에 등이요 내 길에 빛이 되는 말씀으로 늘 함께하시는 주님께 먼저 영광을 돌립니다. 삶의 동반자인 아내 정해경 씨, 두 아들 재승과 재하에게 사랑의 마음을 전합니다. 그리고 흔쾌히 출판을 허락해주신 이른아침 김환기 대표님께도 감사드립니다.

2022년 청량한 가을날
한강과 남산이 보이는 63빌딩 사무실에서

미생 이야기는
이렇게 시작했다

[2011. 08. 01]

　오늘부터 주 1회씩 짧은 이야기를 올리려 합니다. 아름다운 삶의 이야기를 전하려고 제목도 '아름다운[美] 삶[生] 이야기'로 정했습니다. 탤런트 고현정 씨가 미실 역을 맡아 열연한 사극 〈선덕여왕〉에도 미생(미실의 남동생)이 등장하는데, 역사적 기록에서는 그를 매우 긍정적으로 묘사하더군요.

　지난 토요일에는 큰아들과 함께 〈휴넷의 와우특강〉이 마련한 연세대 권구혁 교수의 강의를 들었습니다. 모든 부모들 생각이 그렇듯 머리는 좋으나 공부하는 방법을 몰랐던 우리 아들도 대학에 들어가면서 비로소 진짜 공부가 무엇인지를 조금씩 알아가는 것 같아 특강 참석을 권유한 것이지요. 여느 때 같으면 본인 의사도 묻지 않고 특강 신청을 했다고 불같이 화를 내거나 늘 일방적이시라며 입이 댓 발 나왔을 텐데, 그 날은 아무 거부의사 없이 선선히 따라나섰습니다. 강의가 끝난 후에는 정말 유익했다고 말하면서 매우 감명받은 표정을 지었습니다. 달리 강의 내용과 그 교육 효과를 언급할 필요가 없게 된 것이지요.

집으로 오는 도중 모처럼 둘이 길을 걸으면서 경제와 국내의 제반 정치상황, 그리고 국가 지도층이 취해야 할 태도에 대한 대화를 나누게 되었습니다. 주제가 다소 무겁긴 했지만 처음으로 아빠의 얘기에 귀 기울이는 아들과 가슴으로부터 우러나오는 뿌듯함으로 아들의 온갖 질문을 경청하는 아버지가 그 곳에 있었습니다.

지금까지 '바보 아빠와 바보 아들'로 살아왔던 이들이 세상을 살아가는 이치를 깨닫기 시작했나 봅니다. 작은 변화가 시작되고 있는 것이겠지요? 未生

처음으로 아빠의 얘기에 귀 기울이는 아들,
아들의 온갖 질문을 경청하는 아버지가 거기 있었습니다.
무언가 작은 변화가 시작되려는 것이 아닐까요?

글을 쓰는 이유

[전북일보 미생 칼럼, 2021. 05. 20]

지난달 칼럼에서 언급했던 친구가 불쑥 물었다.

"전북일보에 자주 글을 쓰던데…, 출마하려고 그러나?"

약간 뜬금없는 얘기라, "정치는 무슨…" 하고 정색하며 말을 잘 랐지만 곰곰이 생각해보니 그렇게 보일 수도 있지 싶었다. 기고를 하다 보니 또 다른 질문도 있다. 중앙언론사 대표 중 몇몇은 글이 참 좋던데 왜 자기네 신문사에는 기고를 안 하냐며 진심인지 인사 치렌지 다그치기도 한다. 지난주에는 모 언론사 사장과의 식사 와 중에 똑같은 얘기가 반복되어서 내년에는 칼럼 하나 맡아 써보겠 다면서 화제를 돌리기도 했다.

그분들 말처럼 실제 전북일보에만 기고를 하고 있는 셈이다. 10년 전 우연한 기회에 칼럼 요청을 받아 처음 글을 올린 곳이 전북일보다. 게다가 고향 언론사니 애정이 더 있어 이리 된 것 같다. 하지만 내년부터는 글을 받아주는 곳이면 어디든 굳이 마다하지 않을 생각이다. 10여 년 이어져 온 전북일보 사랑이 식어서가 아니라 좀 더 다양하게 세상과 만나는 게 좋을 듯해서다.

신문 칼럼뿐만 아니라 필자는 회사에서의 대내외 메시지 대부분을 직접 구상해서 쓴다. 바쁜 와중에 굳이 글을 쓰고 이를 대중에게 선보이는 이유가 무얼까? 친구의 질문처럼 정치적 의도로 그런 것은 아니다. 그랬다면 중앙언론사 지인들에게 글 쓸 공간을 마련해 주실 수 있느냐고 오히려 먼저 물었을지도 모른다. 이유는 간단하다. 하나는 더불어 살아가는 사람들의 이야기를 남기고 싶다는 것이고, 다른 하나는 진정성 있게 세상과 소통하고 싶다는 것이다.

필자는 일상을 관찰하는 게 참 좋다. 특히 본이 될 만한 아름다운 이야기를 찾는 일에 인 박여 살아왔다. 미담을 목격하면 이를 적지 않고는 베겨낼 재간이 없다. 이의 발현이 '미생 이야기'이다. 그리고 이는 지금도 이어지고 있다. 언론사에 기고되는 글들이 대부분 특정 사안에 대한 예리한 분석과 비판이지만 누군가는 따뜻하게 세상을 보듬는 일도 해야 하지 않겠는가? 좋은 면을 좀 더 클로

즈업해서 보여줄 필요가 있고, 그래서 이 일을 하는 것이다. 가슴 찐한 내용으로 인기를 끌었던 윤태호 작가의 웹툰 〈미생(未生)〉은 2011년에 처음 선을 보였다. 그런데 그 3개월 전에 '미생(美生) 이야기'가 있었다. 세상을 바라보는 따뜻한 눈과 가슴을 가진 사람들의 이야기 말이다. 이를 매개로 함께 활동해온 사람들이 지난주에는 봉사 나눔의 '사단법인 미생이야기' 창립총회를 열기에 이르렀다. 단순한 글쓰기가 만들어 낸 커다란 영향력이다. 그래서 글쓰기를 멈출 수 없다.

또 다른 이유인 세상과의 소통은 항상 실감하는 일이다. 원고 초안은 가족들이 보게 되는데 이때 첫 소통이 이루어진다. 그 다음 신문에 글이 실리면 지인들로부터 피드백이 오고 자연스레 또 소통이 된다. 나중에도 여러모로 글이 되새김질 되면서 소통이 이루어지기도 한다. 연초 이런 일이 있었다. 어떤 분이 칼럼 기사를 카메라로 찍어서 보내주셨다. 필자가 강사로 초청된 곳에서 스치듯 만난 분이다. 매월 칼럼이 신문에 나오는 아침마다 그는 이를 반복하였다. 학창시절에는 언감생심 조우도 꿈꾸지 못했을 분, 옛날 그 빵집 주인은 아니지만 추억이 서린 전주의 명품 풍년제과 대표다. 글이 가져다준 또 다른 세상과의 소통이다.

이 두 가지 이유만으로도 앞으로 글쓰기를 멈추기는 어려울 것 같다. 세상과 진정으로 소통하기를 원하면 우선 글을 쓰라고 권하고 싶다. 글을 잘 쓰든 못 쓰든 그게 무슨 대순가? 그냥 연애편지 쓰듯 한번 시작해보는 거다. 진심을 전하는 것은 말보다 글이 더 위력적일 테니까. █

익숙함 _
그 이름은 벗

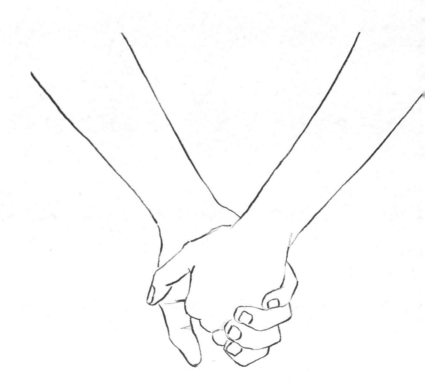

행운이 가득한
마당

[2021. 07. 06]

　매월 둘째 주 월요일 점심에는 대여섯 분이 모입니다. 그렇게 모인 지 어느새 다섯 해가 지났네요. 멤버는 열한 명입니다. 많이 모일 때는 열 명도 모이고 어떤 때는 두 명이 모여 식사를 한 적도 있습니다. 의무적인 모임이 아니고 시간이 되는 분들이 모여서 세상 돌아가는 한담도 나누다, 발동이 걸리면 세계 정세와 국내 현안에 대한 열띤 토론도 하는 그런 자리입니다. 여성 일곱 명, 남성 네 명해서 총인원이 열한 명입니다. 별 이해관계도 없는 분들이 5년 넘게 한 달도 거르지 않고 모임을 가지고 있는 것은 신기한 일이지요. 처음 셋이 시작해서 인원을 불려왔지만 이제 더 이상 총인원을 늘리지는 않을 생각입니다. 성실함이 최고 무기인 저는 한 번도 빠지지 않고 모임에 참석하였지요. 덕분에 아직도 총무 역할을 하고 있습니다만 무슨 강제동원 권한이 없다 보니 참석 인원은 대개 총원의 절반에도 미치지 못합니다.

지난 5월 26일 모임 멤버 중 한 분이 새로 지은 자신의 퇴촌 별장에 초대하고 싶다는 글을 단톡방에 올렸습니다. 나중에 참석 희망자를 확인했더니 여덟 분이더군요. 초청일이 평일 오후인데, 이 정도면 반응이 대단한 것입니다. 평소 모이던 숫자를 크게 넘긴 것이니까요.

초청자는 2006년 마케팅 대행사를 창업해서 성공적으로 회사를 키워온 분으로, 2018년에는 평창 동계올림픽의 개막식 총괄 제작, 연출 기업으로 선정돼 이름을 국내외에 알린 엔피(NP)의 황명은 대표입니다. 저도 그 올림픽 개막식에 직접 참석했었는데 행사가 너무나 완벽해서 많은 감동을 받았습니다. 그분의 회사는 2019년 말 상장기업의 자회사로 편입되면서 온·오프라인을 연계하여 XR(확장현실)을 구현하는 메타버스 기업으로 한 단계 업그레이드합니다. 최근에는 삼성스팩2호가 엔피와의 합병을 앞두면서 연속 상한가를 기록하는 등 대박을 터트리고 있고요. 황 대표가 그만큼 회사를 탄탄하게 운영해온 기업인임을 보여준 것이라 하겠습니다.

황명은 대표는 젊을 때부터 일과 살림을 함께 병행하면서 성장해 온 대한민국의 상징적인 워킹맘이라 할 수 있습니다. 실제 가까이에서 보면 마치 전장의 여전사처럼 열렬하고 바빠 보입니다. 그래서 그녀를 응원하는 사람들이 무척 많은 것 같습니다. 2011년에는 미국의《워싱턴 포스트》지에 아시아의 대표적인 워킹맘으로 소개되면서 인상 깊은 인터뷰를 하기도 했고, 또 미국의 유명 저널리스트 해나 로진(Hanna Rosin)이 직접 그분을 만나러 한국에 방문하는가 하면, 그녀의 책『남자의 종말』에 한국의 대표적인 워킹맘으로 소개되기도 하였습니다.

드디어 초청 당일인 오늘, 중도에 차량 고장으로 못 오신 한 분을 제외하고 일곱 명이 별장에 모였습니다. 집은 상상 이상으로 잘 설계되어서 심플하면서도 예술미가 넘치는 데다 채광에 신경을 많이 쓴 것으로 보이네요. 마치 영화나 드라마에 나오는 집 같습니다. 집 안의 가구나 용품들을 보니 모두가 영화 소품 같고, 예술작품 같습니다. 개울 옆을 따라 만들어진 정원은 인공적이지 않고 자연스러워서 친근감이 컸는데 작은 오솔길이 있어 더 좋았습니다. 정원 잔디밭 한쪽 옆으로 네 잎 클로버가 무더기로 고개를 내밀고 있습니다. 자연적으로 난 것은 아니고 그런 씨앗을 뿌렸다고 합니다. 더 많은 행운을 바라는 주인의 마음으로 읽힙니다. 흔한 세 잎 클로버가 오히려 여기서는 듬성듬성 보이네요. 하지만 이 정원에 행복이 꽃말인 세 잎 클로버가 더 많아졌으면 좋겠다는 기도를 해봅니다. 이미 행운으로 충만한 별장 주인이 지금보다 더 많이 행복하기를 바라는 마음으로 말이지요. 🖋

행운을 의미하는 네 잎 클로버보다
행복이 꽃말인 세 잎 클로버가 더 많아졌으면 좋겠습니다.
이미 행운인 별장 주인이 더 많이, 더 오래
행복하기를 바라는 마음에서 그렸습니다.

상갓집에 빠지지 않는
언론사 사장

[2022. 08. 01]

　부산, 아무리 생각해도 먼 곳입니다. 지인의 부친상 부고를 접하고 조화는 보냈지만 직접 문상을 가려 하니 엄두가 나지 않네요. 평소에 '경사는 못 챙겨도 애사는 꼭 챙겨야 한다'는 소신을 피력한 사람으로서 머뭇거리는 이유가 참 많습니다. 고인이 100세라는 내용에도 눈이 가고, 오늘이 일주일 중 가장 바쁜 월요일이라는 것도, 달이 바뀌고 첫날이라는 것도 머리에 맴돕니다. 급기야 우리 애사에 그분의 직접 문상 여부도 핑계거리로 남겨둡니다. 그런데도 여전히 마음에 걸리는 게 하나 있습니다. 단톡방에 올라온 어느 분의 글, '8월 1일 4시 30분에 빈소에 도착합니다'가 그것입니다.

말은 '혹시나 해서요'라고 덧붙였지만, 무언의 압력으로 느껴집니다. 속으로 언론사 사장님이 요즘 한가한 모양이라는 생각까지 들었지요. 그런데 곰곰이 더듬어 보니 원거리 장례식장에서 여러 번 그분과 마주친 기억이 납니다. 작년 저의 장모상에도 전주까지 직접 와서 문상했으니까요. 이쯤 되면 핑계거리는 접어두어야 할 것 같습니다. 즉시 표를 예매하고 아침에 업무를 신속히 처리하고 서울역으로 향했습니다. 부산역까지 채 3시간도 걸리지 않네요.

부산 오는 김에 회사 사업장 한 곳에 들렀습니다. 코로나로 인해 잠정적으로 중단되었던 현장경영을 재개한 셈이 되었네요. 대표이사가 거의 방문하지 않던 곳이라 직원들이 매우 좋아합니다. 본사에 오랫동안 근무했던 센터장이 사업장을 잘 관리하고 있어서 고객에게 호평을 받고 있더군요. 우연한 방문이었지만 주요 현안까지 챙기는 기회가 되어서 문상 오기를 잘했다 생각했습니다.

현장경영을 마치고 곧바로 장례식장으로 갔습니다. 아직 언론사 사장님은 도착하기 직전입니다. 예정된 시간에 그분이 도착합니다. 뉴스 넘버원을 지향하는 이백규 사장님입니다. 저보다 나이가 세 살이나 많지만 헤어 스타일로 보나 피부로 보나 훨씬 젊어 보이네요. 오늘따라 양복도 세련되어 보이고요. 마음씀이 얼굴에 그리고 인상에 녹아 드는 게 아닐까 하는 생각이 들었습니다. 장례식장은 상주의 인생이 묻어나는 곳입니다. 밀려드는 조화와 문상객들을 보면 상주 그분도 평소 애사를 많이 챙겼던 것으로 보입니다. 우리가 앉아 있는 자리에 거의 와보지 못할 정도니까요.

참, 언론사 사장님에게서 느낀 또 하나의 놀라운 사실입니다. 기차 안에서 읽으려고 사왔다고 하면서 책을 내미는데 너덜너덜 합니다. 누군가 일독을 권한 책이라 왕복하는 기차 안에서 읽으려고 샀다는 것이지요. 그런데 왜 너덜너덜 하냐고요? 읽고 난 부분은 다 뜯어서 버린다는 것입니다. 읽고 나면 통째로 머리에 다 입력된다는 의미가 아닐까 생각하는데 좀 섬뜩하네요. 하지만 이어진 설명에 고개가 끄덕여졌습니다. 메모를 하거나 밑줄 친 문장이 있는 쪽은 버리지 않는답니다. 나중에 칼럼을 쓰거나 대화할 때 인용하기 위해서요. 아무튼 출판사는 이분에게 상이라도 줘야겠습니다. 책 사는 것을 생활화할 뿐만 아니라 읽은 책은 재활용 못하게 버리니까요^^ 그나저나 문상 오길 잘했습니다. 이것 저것 배워가는 게 많습니다. 결혼식장에서는 배우지 못하는 것들 말입니다.

제 소신이 그런대로 괜찮은 것 같네요.

"경사는 못 챙겨도 애사는 꼭 챙겨라." 🔲

시작하기에
늦는 것은 없다

[2011. 12. 12]

　오랜만에 고등학교 친구들이 한데 모였습니다. 모임에 참석하는 친구들이 대개 일정해서 대부분 낯익은 얼굴들이지만 개중 수십여 년 만에 나타난 친구들도 있어 서로 놀라기도 합니다. 벌써 세월이 그렇게 흘렀습니다. 머리가 하얘지는 것은 그런대로 봐줄 만하지만 어떤 친구는 머리숱이 듬성듬성 헤아릴 정도로만 붙어 있고 이마엔 주름이 더해지고 아랫배는 힘을 주지 않았는데도 올챙이 배가 되어 있네요.

　서울지역 모임이라 참석자 대부분이 서울 인근에 거주하는 친구들인데 멀리 전주에서도 세 명의 친구들이 찬조금을 들고 축하해

주기 위해 찾아왔습니다. 지난주 그곳의 모임을 축하해주기 위해 저와 네 명의 친구들이 다녀왔는데 그들도 그렇게 한 것이지요. 주중이라 피곤할 텐데 일과를 마치자마자 이렇게 먼 길을 달려 온 것을 보면 그들이나 저희나 친구가 보고 싶고 추억이 그리운 것은 매한가진가 봅니다. 그래서 반갑고 고맙기가 더한 것이지요.

  내년이면 졸업한 지 30년입니다. 그리고 졸업 30주년 행사가 있기도 하구요. 친구들의 간청을 내치지 못해 재경동창회장직을 맡긴 했지만 항상 걱정이 앞섭니다. 행사를 위한 경비 조달도 문제지만 행사에 담을 내용이 더 신경 쓰이니까요. 당초 걱정이 되어 모 대학에 종신교수로 있는 친구를 꼬드겨 행사준비위원장에 앉혀서 기획안까지 받는 데는 성공했지만 그러나 그것을 실행에 옮기는 것이 또한 문제였습니다. 더군다나 그 기획안이란 것이 과거와는 달리 후배들과 함께 호흡하는 행사 추진이었으니 말입니다. 차라리 기획사에 일체를 맡겨 유명가수 부르고 흥겨운 잔치 한마당 하는 것이 훨씬 편하지 이것이 오히려 더 어려운 것 같습니다.
  그런데 참 이상한 일입니다. 생각하면 방법이 생기고 꿈꾸면 이루어진다고, 지난주 놀라운 일을 보게 되었습니다. 올 초 몇몇 친구들이 내년 행사를 준비하는 의미에서 음악동호회를 결성하여 각자 드럼, 기타, 전자올겐 등을 배우기 시작한 것입니다. 그리고 4개월

연습 끝에 동창회 자리를 빌어 '어게인 1982'라는 이름으로 데뷔를 한 것이지요. 지천명의 나이에도 굴하지 않고 새로운 것을 시도하는 친구들의 모습에서 진한 감동을 받았습니다. 리드싱어의 가창력은 말할 것도 없고 그들의 연주 실력은 정말 대단했습니다. 그날 공연은 100여 명의 친구들로부터 우레와 같은 박수를 받을 만큼 성공적이었고 공연을 감상한 친구들을 30년 저쪽 아련한 고교시절로 되돌아가게 해주었습니다. 아직도 그 날의 감흥이 가슴에 남아 있네요. 이제 내년 행사를 그리 걱정할 필요는 없을 것 같습니다. 불과 4개월만에 저렇게 성공적으로 악기를 다루고 있는 친구들이 있는 한 내년 5월까지는 무슨 일이든 해낼 자신이 생겼으니까요.

아직도 무언가 해보고 싶은 일이 있으면서도 나이 때문에, 소질 때문에, 환경 때문에 망설이고 있으신가요? 그렇다면 제 친구들을 떠올려 보세요. 🈲

물리지 않는
미나리

[2012. 05. 22]

　지난 주말, 고교 졸업 30주년 행사 일정을 모두 마치고 대기하고 있던 귀경버스에 올랐을 때입니다. 전주 친구들이 차 안에서 먹으라고 각종 주류 및 음료를 실어 주고 부침개, 바나나, 수박 등 군음식까지 연달아 들고 올라 오더군요. 그리고는 배웅을 위해 그곳 친구들이 운동장에 일렬로 도열하는 것이 아니겠습니까? 순간 가슴이 뭉클하더군요. 곧 출발하려나 했더니 한 명의 친구가 허겁지겁 버스에 올라 와서 무언가 얘기를 하고 내려갑니다. 알고 보니 20주년 행사 때 재경동기회장을 맡아 성공적으로 행사를 이끈 친구가 서울 동기들에게 나눠주려고 손수 재배한 미나리를 네 포대나 짐

칸에 실어 놓고 그 뜻을 전하러 온 것이지요.

이 친구는 키도 크고 미남형인데다 영업력도 뛰어나서 꽤 잘 나가는 사람이었습니다. 그런데 아내가 갑자기 큰 병에 걸리는 바람에 물 좋고 공기 좋은 곳을 찾다 보니 고향으로 가게 된 것이지요. 이제 고향에서 미나리, 배추, 고추를 수확하는 농사꾼으로 변모해서 어느 정도 자리를 잡아가고 있는 것 같습니다. 그 고왔던 얼굴에는 기민지 주근깨지 알 수 없는 까만 점들이 촘촘하고 잔주름마저 가득해서 만날 때마다 가슴이 아팠지요. 그러나 마음은 우리보다 훨씬 건강한 것 같아 다행으로 여기고 있었습니다. 그것을 증명하기라도 하듯이 그 친구가 미나리를 들고 나타난 것이지요.

서울로 올라오는 내내 그 친구 생각이 났습니다. 그래서 함께 탑승한 친구들에게 한 명도 빠지지 말고 그 미나리를 나눠 집에 가져가자고 간청했지요. 돈으로 따질 수 없는 그 친구의 마음을 나누고 싶었거든요. 점잖은 신사들이 서초동 대로변에서 우르르 모여 미나리를 나눠 담고 있는 모습이 조금은 우스꽝스러운지 지나가는 사람들이 힐끔힐끔 쳐다보았지만 우리는 하나도 부끄럽지 않았습니다.

이번 주, 저와 서울 동기들은 미나리 무침, 미나리 샤브샤브 등 각종 미나리 음식을 물리게 먹게 되겠지요. 하지만 그 친구의 따스한 마음은 절대 물리지 않을 것 같습니다. 🪶

친구가 싸서보낸 미나리 한 단에는
돈으로 따질 수 없는 그의 마음도 담겨 있습니다.
미나리에는 곧 물리겠지만
친구의 따스한 마음만은 물릴 일이 없겠지요.

30년 공백을 이어준
기고문

[2012. 06. 04]

　연휴 끝에 출근하여 바쁜 하루를 보내고 있는데, 화면에 메일 수신 알림 메시지가 하나 떴습니다. 메일이야 수없이 들어오는 것이라 무심히 지나치기 일쑤인데, 이번에는 그럴 수가 없더군요. 메일 발송자가 한때 저와 아주 가까웠던 고등학교 친구의 이름과 같았기 때문입니다. 고교 2학년 때 만나서 매우 가깝게 지낸 탓에 대학에 와서도 1년 넘게 연락을 하며 지낸 친구였습니다. 연락이 쉽지 않던 그 시절, 그가 다니던 학교의 학과 사무실에 찾아가 문의 끝에 강의실 앞을 지켜 그를 만났던 기억도 있으니까요. 그런데 대학 2학년 중반부터 전혀 연락이 되지 않았습니다. 그리고 다른 친구들에게 물어보았지만 그의 행방을 아는 이가 없었지요. 무언가 단단히 잘못되었구나 하면서도 한번쯤은 그의 소식을 듣겠지 하고 있던 차에 이 메일이 온 것입니다.

그날따라 해결할 일이 산더미라 다음으로 미룰까 생각하다가, 메일 내용만 얼른 확인해보자는 생각으로 클릭을 했는데 메시지가 너무 간단하더군요.

"전주고 59회 이강만이면 나 정남선한테 연락해라. 보고 싶다. 011-○○○-○○○○."

근 30년 만에 전해온 메시지치고는 임팩트 없게 짧고, 전화 걸 시간도 못 낼 만큼 스케줄이 타이트해서 그날은 그냥 지나치고 말았습니다. 그런데 다음 날, 구구절절 쓴 메일을 다시 보내왔습니다. '반갑다'로 시작해서, 신문사 칼럼 기사를 통해서 저와 저의 근황을 알게 되었으며, 본인은 현재 페르노리카라는 프랑스계 양주 회사의 세일즈 디렉터(Sales Director)로 지방권역 본부장을 맡고 있으며, 집이 ○○라는 것까지 말이지요. 아무리 바빠도 어떤 식이든 답을 보내야 될 것 같았습니다. 정말 우연의 일치인지는 몰라도 며칠 전 앨범을 들추다가 고교 때 그 친구와 찍은 사진 몇 장이 있어 그 것을 휴대폰에 담아 놓았었지요. 그 중 사진 두 장을 그 친구가 알려준 본인 휴대폰 번호로 잽싸게 전송했습니다. 바로 답이 왔습니다. 사진 속의 인물들을 일일이 열거하면서 말이지요. 그렇게 문자를 몇 번 교환하고 저녁 무렵 직접 전화를 걸었습니다. 전화기 저쪽에서 들려오는 목소리는 중년의 느낌을 풍기는 중저음의 음색이었지만 고교 때 그 친구의 목소리가 확실했습니다. 이런 저런 얘기 끝에 그가 주말부부라는 사실과 그가 일주일에 한 번 서울에 온다는 사실도 알게 되었지요. 그래서 그 친구가 서울에 오는 2주 후 토요일에 맞춰 만나기로 하고 전화를 끊었습니다.

　제가 신문사에 기고한 글로 인해서 그토록 찾고 싶었던 친구를 만나게 된 것이 얼마나 다행스러운 일인지 모릅니다. 그리고 누가 시키지도 않았는데 자청해서 시작한 글쓰기로 인해 가끔은 스트레스를 받기도 하지만, 이런 좋은 결과를 얻고 보니 그저 흐뭇할 뿐입니다. 그 친구가 어떤 모습으로 변했을까 벌써부터 궁금해집니다. 未生

묵묵히
헌신하는 친구

[2012. 10. 19]

　'친구' 하면 가장 먼저 떠오르는 것이 유오성과 장동건이 출연했던 영화입니다. '내가 니 시다바리가?'라는 대사가 오랫동안 유행어로 만인에게 회자되었고 지금도 종종 우스개로 사용되곤 하지요. 함께 있을 땐 아무것도 두려울 게 없던 고교 동창들의 이야기를 다룬 영화로 기억하고 있습니다. 그래서인지 친구 하면 역시 고등학교 시절의 친구가 최고라는 생각이 드는군요.

　그런데 대학 친구도 정도는 덜 하지만 끈끈한 관계인 것 같습니다. 특히 우리 세대는 피가 끓는 20대 초반에 민주화 투쟁이라는 시대 정신을 함께 나누어서인지 거의 고교 동창과 비슷한 친밀감을 가지고 있지요. 함께 어울렸던 과 친구들 중 일곱 명은 30년이 지난 지금도 수시로 연락하며 만나고 있습니다. 멀리 경상도, 전라도, 강원도 등에서 서울로 유학 온 친구들이지요. 부모님이 보내주신 한 달 하숙비와 용돈이 올라오는 날엔 도서관에 가기보다는 학교 앞 술집에 모이던 그런 친구들입니다.

또 한 부류의 과 친구들이 있습니다. 도서관에서 숙식을 하다시피 했던 친구들이지요. 그런 노력의 결과로 지금은 나름 잘 나간다는 평가를 받는 사람들입니다. 이 친구들과는 졸업 후 한동안 연락을 않고 지냈는데 나이가 들어가면서 사람이 그리워서 그런지는 몰라도 만나는 정도나 연락하는 횟수가 늘어나는 것 같습니다. 그 중 한 명이 모 대학 법대 교수로 근무하는 동창입니다. 제가 속한 직장 관련해서 좋은 일이나 불미스러운 일이 있으면 축하해주기도 하고 위로하면서 나름의 해결책을 조언해주는 고마운 친구입니다. 대학 다닐 때는 그다지 친하지도 않았던 동기가 무슨 대가를 바래서도 아닌데 이렇게 호의를 베풀어주니 저도 마음이 가게 되더군요.

'자기 친구를 위해서 좋은 일이 일어나길 바라는 사람이야말로 가장 참된 의미의 친구라 할 수 있다'고, 아리스토텔레스는 그의 저서 『니코마코스 윤리학(Ethica Nicomachea)』에서 말한 바 있는데 딱 이 친구를 두고 하는 말 같습니다.

이런저런 친구들이 지난 토요일 모교에 모였습니다. 입학 30주년 모교 방문 행사에 참석하기 위해 모인 것이지요. 모임에 참석한 과 동기들은 대부분 법과 관련된 분야에서 근무하고 있더군요. 국회의원이 된 친구도 있고, 법원에서 차관급으로 승진한 친구도 있고, 검찰에서 부장검사로 근무하는 친구도 있었습니다. 또 변호사, 대학교수, 회사에서 법률 검토하는 부서의 고위 책임자로 있는 친구들도 있더군요. 대학을 갓 졸업했을 때는 사법시험에 합격한 친구들과 그렇지 못한 친구들 간에 괴리감이 있었는데 이번 만남에서는 그런 느낌이 거의 없었습니다. 각 분야에서 어느 정도 정상의 길을 가고 있기 때문이 아닐까 하는 생각도 들고, 동시에 이제 우리도 늙어가는 것이 아닌가 하는 생각도 하게 되더군요. 이해관계보다는 인간적 유대관계가 더 중요해져가는 시기가 다가온 것이기도 하겠고 말입니다.

짧은 기간이었음에도 불구하고 준비를 꽤 잘 했더군요. 이것은 순전히 거의 혼자서 법대 모임을 준비한 친구 덕분이었습니다. 현재 모교 법학전문대학원 교수로 재직하고 있는 유병현 교수입니다. 본인도 로스쿨 평가 받느라 날을 새며 일하는 와중에 이번 모임을 위해 기금도 걷고 법대 동기회 결성 준비까지 진두지휘한 것이지요.

모든 일의 성공 뒤에는 이렇게 묵묵히 일하는 친구가 있었음을 알게 해준 행사였습니다. 조만간 수고한 이 친구에게 따뜻한 밥 한 그릇 대접해야 할 것 같네요. 저에게 항상 호의를 베풀고 있는 그 친구까지 포함해서 말입니다. 👫

닭갈비에 실려온 온정

[2012. 11. 26]

　지난 목요일, 핵심 보직으로 영전한 친구를 위해 간단한 식사자리를 마련했습니다. 마침 그 친구와 함께 근무하는 고향 후배가 있어 그도 부르고, 또 국세청 근무하는 친구도 동석하게 해서 네 명이 함께하게 되었지요. 모두들 겸손하고 남에 대한 배려가 많은 사람들이라 서로에게 여러 덕담을 주고 받았습니다. 분위기가 그저 화기애애할 수밖에요. 그런 분위기 속에 최근 유학을 마치고 온 후배가 박사학위를 받았다는 사실도 알게 되었습니다. 공무원들이 흔히 돌아가면서 다녀오는 그런 연수로만 알았었는데 꽤 유명한 대학에서 학위를 취득한 사실에 놀랐지요. 처음 1년 반 정도는 정부의 지원을 받았는데 그 이후에는 자비를 들여 몇 년을 더 공부해서 박사과정을 마쳤다고 하더군요. 그 용기와 학구열에 모두들 격려의 박수를 보내주었습니다.

남자들이 만나면 빠지지 않고 하는 것이 군대 얘기지요. 그 중 누군가가 금년 입대한 우리 큰아들의 근황을 묻더군요. 힘들지만 잘 헤쳐나가려고 무척 애쓰고 있다는 말을 해주었습니다. 제 블로그와 페이스북을 통해서 대충의 근황은 이미 알고 있더군요. 정말 세상에 비밀이 없어졌습니다. 제가 매주 올리는 글에서 그들은 벌써 우리 가족의 근황을 꽤 많이 파악하고 있었으니 말이지요. 문득 국세청에 근무하는 친구 아들의 근황이 궁금해서 물었습니다.

"이제 큰애가 졸업반 아닌가?"

"2학년 마치고 군대에 갔어."

"어디서 근무하는데?"

"방위산업체에 근무하고 있다네."

헐, 이 친구는 늘 남에게 부러움을 사게 만듭니다. 말수가 적고 겸손한 그 친구가 결정적으로 한방 더 먹이는군요.

"연봉이 2천만원이 넘더군."

돈을 벌면서 병역의무를 수행하는 것이지요. 군복무가 신성한 의무이긴 하지만 대부분의 젊은이에게는 무거운 부담감인 것도 사실인 만큼 방산업체 근무는 하나의 로망이라고 할 수 있습니다.

문득 7년 전이 떠올랐습니다. 그 친구는 교육 열풍이 부는 강남이나 목동이 아닌, 강북의 한 지역에 살고 있었지요. 그런데 아들이 워낙 성적이 뛰어나 그 학교 생긴 이래 처음으로 민족사관고등학교에 합격을 했습니다. 당연히 축하받을 일이어서 몇몇 동기들이 축하 자리를 만들어 함께 기쁨을 나누었지요. 그러나 그 친구는 마음에 근심이 있어 보였습니다.

이유를 물어보니 공무원 박봉으로 자식을 제대로 공부시킬 수 없을 것 같아 퇴직을 고민 중이라는 것입니다. 그 학교는 입학도 쉽지 않지만 등록금 등 학자금도 만만치 않게 든다고 합니다. 명색 공무원인데 그 정도로 경제적 여유가 없을까 하는 의구심도 솔직히 있었지만 그 친구 말이라 토를 달 수도 없었습니다. 몇몇 친구가 조금씩 보탠 장학금을 전달하면서 퇴직만은 제발 하지 말고 버텨보라고 이구동성으로 말했던 기억이 납니다.

그 친구는 퇴직 대신 아들이 다니는 고교와 가까운 지방 근무를 자청하여 몇 년을 그 곳에서 보냈고, 그 사이 아들은 명문대학에 합격하였지요. 어려운 시기를 잘 버텨낸 친구는 승진도 하고 다시 본청에 와서 근무하게 되었습니다. 이젠 그의 얼굴에서 제법 여유를 느낄 수 있네요. 그래서 참 기분이 좋습니다. 지난 번 30주년 행사 때에도 회장인 제 체면을 세워주기 위해 앞장 서서 거금을 기금으로 내놓는 바람에 다른 친구들도 기부를 하지 않을 수 없게 만들어서 조기에 목표를 달성할 수 있었지요.

아들이 돈 벌면서 군복무 수행한다는 것이 다른 사람 얘기였다면 배도 좀 아프고 속도 상했을지 모르지만 그 친구라서 그저 축하해주고 싶은 마음뿐이었습니다.

문득 그 친구가 지방에 근무하던 어느 날이 생각납니다. 다짜고짜 전화해서 뭐 좀 부칠 테니 가족들이 모두 맛있게 먹었으면 좋겠다고 말하는 겁니다. 그 날 저녁 도착한 택배 상자에는 불에 익히기만 하면 즉시 먹을 수 있는 춘천 닭갈비 재료가 가득 들어 있었지요. 맛도 맛이지만 그 친구의 따뜻한 정에 온 가족이 훈훈하던 기억이 오늘 새록새록 떠오릅니다. 그런 마음씨를 가진 친구라서 이렇게 매사가 잘 풀리는 것이겠지요? 图

영원한 라이벌

[2012. 12. 19]

    오늘은 18대 대통령 선거 날이어서 임시 공휴일이기도 하군요. 다른 때 같으면 새벽같이 일어나 투표를 마쳤을 법도 한데 이번에는 연일 이어지는 송년 모임 등 각종 행사에 너무나 피곤에 절었는지 9시 넘어서까지 침대에서 뒤척이고 있었습니다. 그런데 그때 '띵동' 하고 휴대폰 메시지 들어오는 소리가 유난히도 크게 들리는 게 아니겠습니까? 정말 급한 일이 아니면 휴일에 연락하는 것도, 연락받는 것도 썩 내켜하지 않는 제 성격을 지인들이 잘 아는 터라 휴일에 메시지 넣는 법은 거의 없지요. 무슨 스팸 문자가 아닐까 하고 무시하려다 힐끔 쳐다보니 발신인이 중학 친구입니다. 미국에 살고 있는 친구에게서 온 메시지인 것이지요. 얼른 내용을 열어 보니 안부를 묻는 글이었습니다.

'강만아, 잘 지내지? 대기업 임원이니 술자리도 많겠지만 건강 잘 챙겨라. 연말이 되니 그래도 뒤를 돌아보게 되는구나. 세월이 빠르다는 생각이 참 많이 드니, 불혹의 나이도 후반이구나.'

중학 시절, 전교 1등을 거의 놓친 적이 없는 학업 우등생 친구입니다. 초등학교 때는 꽤나 공부를 잘했던 제가 그 친구 때문에 중학교에서는 한 번도 전교 1등을 해본 적이 없었지요. 그 친구는 정말 책을 늘 들고 살았습니다. 공부량이 절대적으로 부족한 제가 그를 넘어서려는 것은 어찌 보면 무모한 생각이었지만 그때는 막연한 라이벌 의식이 있었던 것 같습니다. 그래서 늘 그를 이길 궁리를 했었지요. 전교 회장직을 사양하지 않고 덥석 받아들인 것이나 웅변대회나 미술 대회, 글짓기 대회에 나가 굳이 상을 받으려고 노력한 것도 그 때문이었는지도 모릅니다.

그러나 그 친구는 달랐습니다. 항상 저를 존중해주고 인정해주었으니까요. 회장으로서의 권위를 인정해주었고 제가 상을 받으면 진심으로 축하해주었던 기억이 있습니다. 그런 그가 지금은 한국이 아닌 미국에 살고 있어서 아쉽기도 하고 자주 얼굴을 보지 못하는 게 안타깝기도 합니다.

온통 산으로 둘러싸인 시골 마을에서 자란 그 친구가 육군사관학교를 수석으로 졸업한다고 했을 때는 너무나 가슴 설레고 기뻤습니다. 그리고 자청하여 야전에서 복무하다가 실력을 인정받아 미국 명문대학교에 유학하게 되었을 때도 친구들 모두 자기 일처럼 기뻐했었지요. 학위를 받고 다시 군에 복귀하였는데 어느 날 하버드대학 박사과정을 밟는다고 출국하더니 아예 그곳에 정착해버린 것입니다. 사업가로 변신한 것이지요. 그가 선택한 길이 잘못된 것이 아닌데도 왠지 아쉽고 서운하더군요. 명문대 의과대학에 합격하고도 가족의 권유를 뿌리치고 본인이 어렸을 때부터 그토록 간절히 원하던 군인의 길을 가기 위해 육사에 입학했던 친구입니다. 그런 그가 그 길을 가지 못하게 되었으니 어찌 안타깝지 않겠습니까?

그 친구가 선택한 길이 그와 그 가족에게는 최선이기를 바랍니다.

그가 비록 모든 친구들이 믿어 의심치 않던 별을 달지는 못했지만 사업에서는 큰 성공을 거두어 우리들 앞에 나타나길 기대합니다. 그래서 지천명이 된 지금 제 마음속에 다시금 중학 시절 느꼈던 그 라이벌 의식이 강하게 발동하기를 간절히 소망합니다. 끝

안타까운
이별

[2013. 02. 26]

　세 주째 손에 아무것도 잡히지 않습니다. 그냥 웃고 얘기하고 걸
어다니지만 건성건성이라는 것을 저 자신이 더 잘 알고 있습니다.
단지 충격 때문만은 아니고 그냥 믿기지 않아서 그렇습니다. 그동
안 이런 이별을 전혀 경험하지 못한 것도 아닙니다. 가장 가까운
부모님이나 형님과의 영원한 이별도 이미 경험했으니까요. 슬픔과
충격의 강도는 그때가 훨씬 더 컸습니다. 당연하지요. 피를 나눈 분
들과의 이별이니 얼마나 가슴 아프고 허전했겠습니까? 하지만 이
번엔 또 다른 막막함이 아직까지 자리잡고 있습니다.

　설을 쇠고 온 다음 날, 일이 벌어진 것입니다. 평소에 지병이 있

거나 눈에 띄는 증상이 있었던 것도 아니었습니다. 그런데 갑자기 신호대기 중 숨이 멈춘 거라고 하니 누군들 믿기겠냐 말이지요.

5년 전 처음으로 그 친구를 만났습니다. 그때만 해도 제 사업부 소속이 아니라서 그냥 전체회의 때 얼굴을 마주하는 정도였지요. 말이 별로 없는 과묵한 친구라 회식자리가 아니면 그나마 말을 나눌 일도 없었는데 3년 전부터 저와 함께 일하게 되어 쭈욱 그 친구를 관찰하게 되었습니다. 자세히 보니 '보매'였지요. 치열한 경쟁 속에서도, 자신이 올라서기 위해 남을 험담하는 그런 일은 단 한 번도 한 적이 없는 친구였지요. 선이 굵으면서도 섬세함을 겸비했습니다. 공부하기를 아주 싫어할 것 같았는데 막상 독서토론회를 시작하고 가장 적극적으로 따라줬던 사람도 그였지요. 그런 그가 좋아지기 시작했고 가끔 마음이 답답할 때면 그에게 밥이나 같이 먹자고 청했습니다. 밥을 먹는 동안 어떤 때는 거의 말을 나누지도 않았는데도, 어떤 때는 고민과는 전혀 상관없는 얘기를 너절히 늘어놓고 와서도 늘 개운함을 느끼곤 했습니다.

직장의 상하관계로 얽혀 있어서 어쩔 수 없이 그가 제게 깍듯이 예를 갖추긴 했지만 저는 그를 항상 든든한 친구로 여겼습니다. 일을 당하기 진, 보름 동인 유난히도 그와 자주 자리를 같이 했었던 것도 우연은 아닌 것 같습니다. 멀리 해미까지 같이 출장을 가면서 옆자리에 앉아 이런저런 일상사도 나누고, 안타깝게 퇴직하는 동료를 위로하는 저녁 자리도 함께하고, 승진 문제로 이런저런 마음 고생 하시는 분과 셋이서 식사도 하는 등 말이지요.

유족들의 슬픔은 표현할 방법이 없습니다. 장례를 치르는 4일 동안 미망인은 눈물로 지새워서 위로의 말을 전할 길이 없었습니다. 미국에서 유학 중인 외아들이 그나마 입국하고 나서야 유족들이 조금은 진정되는 것을 느낄 수 있었지요. 그 아들을 만나고 나서 적이 안심이 되었습니다. 아빠의 성품을 그대로 닮은 것 같더군요. 자랑이라는 걸 도통 할 줄 모르던 그 친구도 아들만큼은 굉장히 뿌듯해 했습니다. 미국 명문대 4학년에 재학 중인 아들이 이번 가을쯤이면 너끈히 미국에서 직장을 잡을 것이라고 얘기한 적이 있거든요.

4일장이 치러지는 동안 참 많은 사람들이 그를 애도하기 위해 왔습니다. 회사에서는 사장님의 지시에 따라 최대한 애도의 뜻과 관심을 쏟아주었지요. 제 산하 직원들은 장례 기간 동안 조를 짜서 장례식장에 상주하면서 문상객을 맞았습니다. 거래처 임직원 뿐 아니라 경쟁사 직원들까지 조문해주시고 일부는 먼 장지까지 따라오셨지요. 그 친구는 50회째 생일을 맞는 날, 흙으로 돌아갔습니다. 그 친구를 보내고 5일이 되는 날, 그의 미망인과 아들, 그리고 형님이 회사에 찾아왔습니다. 감사인사를 드리러 온 것이지요. 점심을 함께하면서 그를 오랫동안 회상했습니다. 말을 나눌수록 너무나 아까운 친구라는 공감을 하게 되었지요. 아들에게는 자랑스러운 아버지로 영원히 기억될 것이 분명해 보였습니다.

'남은 사람은 어떻게든 살아진다'는 옛말이 맞긴 맞는가 봅니다. 유족들이 마음의 안정을 조금은 찾은 것으로 보였거든요. 아들에게 한마디 해주었습니다.

"자네는 아빠에게 평생의 자랑이었어. 잘 해내리라 믿지만 혹 일이 잘 안 풀리거든 나를 찾아오게나. 아빠라고 생각하고 말일세. 힘이 되어 주겠네."

유족들은 저의 인사치레 말에도 너무나 감사해 하더군요. 아빠를 쏙 빼 닮은 외아들 민정기 군이 마지막 학기 잘 마치고 성공적인 사회생활을 시작했으면 합니다. 그리고 저도 이제 그 친구를 가슴에 묻고 일상으로 되돌아오려고 합니다. 社

농사 아닌
노무사
[2012. 04. 21]

휴대폰에 연락처가 저장된 사람이 1,634명이 되는군요. 꽤 오래 전부터 입력해놓고 적당한 때 한 번씩 정리하지 않은 탓이 큽니다. 그러나 요즈음도 거의 매일 점심과 저녁식사 시간에 새로운 사람들을 만나다보니 과감히 정리해도 천여 명은 남을 것 같네요.

가끔씩 전화 올 때 뜨는 이름을 보면서 '이 분이 누구더라' 하는 경우가 있습니다. 몇 년 전까지는 이러지 않았는데 천 명이 넘어가면서부터 증세가 좀 심해지더군요. 그래서 언제부턴가 이런 실수를 줄이기 위해 저장된 이름 뒤에 무언가 기억할만한 단서를 덧붙여 메모하기 시작했습니다. 예컨대 '팔팔'이란 모임에서 만난 '77학번'

'김총명'이라는 분은 '김총명 77팔팔', 이런 식으로 말이지요. 그런데도 가끔씩 멍해질 때가 있습니다. 휴대폰이 처음 나왔을 때만 해도 번호만 보고도 누군지 금방 알았는데 그저 안타까울 뿐입니다.

저장된 번호는 그나마 낫습니다. 전혀 모르는 번호로 걸려온 전화를 받자마자 아주 친밀함을 표시하며 용건을 꺼내는 사람들이 있습니다. 광고나 판촉용 전화가 아닌, 진짜 아는 사람 전화인 경우라 할 것입니다. 목소리가 너무나 귀에 익으니까요. 그런데 본인이 자기 이름을 얘기하지 않으니 답답합니다. 할 수 없이 대화를 하면서 단서를 찾아야 할밖에요. 한참 동안 대화가 오간 뒤에야 비로소 알아채고는 이전까지 어긋났던 대화의 실타래를 다시 되감기도 합니다.

지난 금요일 오후 6시 반이 넘은 즈음에 휴대폰 벨이 울리더군요. 언뜻 보니 모르는 전화입니다. 광고성 전화려니 하고 받지 않으려다 혹 무슨 긴급 전화일지도 모른다는 생각에 착신을 했지요. 대뜸 제 이름을 부르며 아는 체를 합니다. 누구냐고 물었더니 이름을 말하는데 대학 때 같은 과 친구입니다.

"아, 정말 오랜만이다. 그런데 어쩐 일이야?"

"응, 네가 10여 년 전부터 농사하는 것 알지?"

이런, 무슨 뚱딴지 같은 말인지 모르겠더군요. 그가 농사를 짓고 있다는 것은 도대체 들은 적이 없었으니까요.

"아니, 네가 농사를 한다구? 난 들은 적 없는데…."

"몇 년 전에도 통화했잖아. 아무튼 내가 농사를 하다가 일이 좀 안 돼서 말인데…."

목소리는 분명 그 친구 맞습니다. 그렇다면 이 친구가 최근에 어떤 사유인지는 모르지만 귀농을 해서 농사를 짓게 되었고 판로 문제가 생겨서 경제적 어려움을 겪고 있는 것이 아닐까 생각했지요. 순간적으로 오이가 되었든, 토마토가 되었든, 아니면 저장된 농산물이 되었든, 가능한 많은 지인들을 동원해 팔아줘야 할 것 같은 부담감이 엄습하였습니다. 동시에 그가 과거에 했던 직업이 순간적으로 떠올라 말을 살짝 돌려보았지요.

"야, 너 언제 노무사는 때려치우고 농사를 하기 시작했어?"

"내가 언제 노무사를 때려 치웠다고 그래? 지금도 노무사 사무실 운영하고 있는데 너무 어려워서 혹 너희 회사나 아는 회사에 노무사 뽑으면 취직 좀 해보려고 전화한 거야."

정말 사오정이 따로 없습니다. 그는 연신 '노무사 한다'고 말했는데도 듣는 저는 '농사한다' 생각했으니 말이지요.

동창이라도 자주 만나야 이런 해프닝을 막을 수 있을 것 같습니다. 그리고 중요하고 절실한 부탁이라면 만나서 얼굴보고 직접 해야 한다는 것도 명심해야 할 것 같네요.

  그리고 이 친구도 제 휴대폰 명단에 1,635번째로 올려 놓아야겠네요. 제 전화 응대에 황당해 했을 그 친구에게 보상⑺하는 차원에서라도 말입니다^^ 전환

편리한
낯가림

[2014. 02. 18]

대개 사람 사는 정이라는 것이 만나는 횟수나 시간에 비례하기 마련입니다. 하지만 예외도 있어서 어떤 사람과는 만나자마자 정이 드는 경우도 있나 보네요. 지난 목요일 저녁 만난 사람들이 그렇습니다. 모임을 주선한 일명 '불혹조씨'를 제외한 두 분은 이번을 포함시켜야 각각 세 번째 그리고 두 번째 대면입니다. 당연히 서로 서먹할 법도 한데 십년지기는 되는 듯이 어울리는 것을 보면 참 신기한 일입니다.

얼마 전 여럿이 모이는 모임에 우연히 합류했던 정희진이라는 여성분이 있습니다. 그분은 모임에 나오자마자 해외근무 차 곧 대만에 가게 될 것이라는 말을 하더군요. 해외로 나가는 것이 예정되었을 경우 기존에 알던 사람과 송별회를 하는 경우가 일반적이지, 새로운 사람들을 만나러 나오는 것은 드문 일이지요. 더군다나 그분은 낯가림이 심하다고 하니 더욱 그렇지요. 그런데도 희한하게 그날은 참 마음이 편하고 즐겁다면서 좌중을 압도할 만큼 많은 얘기를 쏟아 내놓았습니다. 그리고는 출국 전에 자주 봤으면 좋겠다는 의사를 피력하더군요. 그러자고 모두들 동의를 했지요. 그런데 출국이 예상보다 앞당겨졌나 봅니다. 모임 주선자가 지난 주 초 부랴부랴 일정을 잡고 송별회에 꼭 참석했으면 좋겠다는 연락을 해온 것이지요. 그분이 그날 멤버들을 꼭 한 번 더 만나고 출국하고 싶어 한다는 얘기를 덧붙이면서 말입니다. 다행히도 저는 선약을 조정할 수 있어서 바램에 부응하게 되었지요.

작별하는 사람들치고는 분위기가 너무 유쾌하고 편안했습니다. 이제 겨우 두세 번 만나는 사이라 그렇기도 하려니와 대만이라는 나라가 아침 먹고 잠시 다녀와도 되는 곳이라고 생각한 때문이겠지요. 아무튼 맛있는 음식을 두고도 얘기에 정신이 팔려 시간 가는 줄 몰랐을 정도입니다. 모임이 끝나갈 무렵, 작별 모임 치고는 너무 밋밋하다는 생각이 들었는지 누군가 맥주 두 병을 시켰습니다. 객

지에서 잘 지내라는 건배를 하기 위함이었지요. 그러자 다들 '소맥 자격증' 가진 제가 제조를 해야 된다고 합니다. 지난 번 모임에서 그 자격증을 보여주며 시범을 보인 것을 기억한 때문이겠지요.

　얘기가 자연스럽게 자격증으로 옮겨갔습니다. 그래서 업그레이드 된 플래티늄 '소맥자격증'을 떡하니 보여주었습니다. 다들 어떻게 자격증을 따냐고 물어보면서 관심을 보입니다. 쉽지는 않지만 저를 통하면 방법이 있다면서 너스레를 떨었지요. 그리고는 '때는 이때다' 싶어 제 자랑 좀 하였습니다. 자격증의 달인임을 과시하면서 2010년부터 매년 따온 자격증을 소개한 것이지요. 그러고 보니 내용이야 어떻든 해마다 자격증 하나씩은 따온 셈이네요. 그런데 결정적으로 이분들이 분위기를 깨는 발언을 합니다. 자기들도 시간이 좀 남아서 따낸 자격증이 있다고 말이지요. 그것이 뭔 줄 아십니까? 변호사, CPA 자격증이라고 하네요.
　아이쿠 이런, 자랑은 이제 그만 해야겠습니다. 그나저나 자존심 구긴 김에 새로운 자격증 하나 더 도전해야 할까 봅니다. 여러분들도 새로운 분들과 친해지는 수단 삼아 자격증 하나 준비하는 것은 어떨까요? 기왕이면 보다 더 재미 있는 류로 말입니다^^ 👋

억척이
친구들

[2014. 05. 11]

　지난 주는 어버이주간이었지요. 어린이날, 사월초파일(석가탄신일)
이 이어지는 바람에 아주 긴 연휴이기도 하고. 우리 가족에게는 고
추 모종 주간이기도 합니다.

　새벽 5시에 출발한 차는 7시 조금 넘어서 시골에 도착했습니다.
아침을 먹고 천여 평이나 되는 널따란 밭에 온 식구가 들어섰지요.
작년 밭보다 더 큰 밭입니다. 조금은 걱정이 되었지만 일은 늦은
점심 이전에 모두 마칠 수 있었습니다. 일 잘하는 처제와 인근에
살고 있는 처남이 합류했으니 가능한 일이었지요. 오늘 일을 마쳤
으니 이제 저녁 모임에 참석하기가 수월해졌습니다. 벌써 가슴이

설레기 시작하네요.

　최근 시작한 카톡으로 인해 그 동안 소식을 끊고 지내던 초등학교 친구들과 연락이 되고 있습니다. 그래서 이렇게 번개팅도 가능해진 것이지요. 전날 초등학교 카톡방에는 어버이날을 맞아 고향에 내려오는 친구들이 하나둘 신고를 하더군요. 그래서 저도 신고를 했습니다. 그랬더니 회장을 맡고 있는 친구가 다음 날 저녁에 모여서 식사나 하자는 제안을 하더군요. 과제물 작성을 위해 일을 마치고 바로 귀경해야 한다는 큰아들과 협상이 잘 된 탓에 모임에 참석할 수 있게 되었습니다.

　모임 장소는 제 고향과 처갓집 중간에 위치한 송산가든으로 정해졌습니다. 그 배려가 고마웠지요. 지리적으로는 고향 마을 인근으로 정하면 모두들 편할 텐데 저를 생각해서 그들이 불편함을 감수한 것이니까요. 아내가 저를 약속장소에 내려주면서 친구들에게 잘 봐달라고 부탁합니다. 모임에 자주 참석하도록 배려하지 못한 것에 대한 미안함이 묻어 있습니다.

　여섯 명의 친구는 이미 도착해서 옻닭을 시켜 펄펄 끓이고 있는 중입니다. 남자 동창인 강건우, 박문수, 박종진, 양승호와 여자 동창인 서지우, 장민숙이네요. 반가이 악수를 한 다음 지내온 이야기를 나눕니다. 모두들 어려운 환경 속에 자랐습니다. 경제적 어려움으로 겨우 초등학교를 졸업하고 돈을 벌어야 했던 친구도 있고, 중학교만 졸업한 친구도 있지요. 그나마 좀 나은 편이 고등학교를 졸업한 친구입니다. 그럼에도 그 어려움을 극복하고 이제 멋진 중년을 살고 있으니 고맙기도 하고 마음이 짠하기도 하더군요.

대목수가 되어 명승 고찰의 보수작업을 하는 친구, 고향을 지키며 농사를 짓는 친구, 운전학원 강사를 하는 친구, 공기업에 근무하는 친구 모두 자랑스럽고 소중한 친구들입니다. 여자 친구들은 더 대단합니다. 가난하던 그 시절, 남자들보다 더 무시당하고 푸대접 받던 그들이 억척같이 살아와서 지금은 저의 자랑이 되고 있으니 말이지요. 직장을 다니면서 남편을 내조해 사무관으로 승진시킨 친구, 일을 하면서도 딸을 잘 키워서 대기업에 입사하게 만든 친구, 모두 자긍심이 묻어 있습니다.

갑자기 쏟아진 비로 인해 집에 돌아갈 일이 걱정입니다. 그러나 그럴 필요가 없습니다. 친구들이 저를 처갓집까지 바래다주었으니까요. 밤 늦은 시간 아내가 내놓은 것은 절편, 수박, 그리고 커피가 전부였습니다. 그것마저도 맛있게 먹는 친구들이 고마웠습니다. 그리고 무엇보다도, 잘 살아온 그들이 참으로 자랑스럽습니다. 社

눈에서 멀어지면
(Out of sight)

[전북일보 미생칼럼, 2021. 04. 22]

눈에서 멀어지면 마음에서도 멀어진다는 영어 속담이 있다. 영어를 배운 지 얼마 지나지 않아 익힌 문장이 바로 이 "Out of sight, out of mind"였다. 코로나로 인해 삶의 일부가 되어버린 사회적 거리두기가 이제는 아주 가까웠던 사람들조차도 서로 소원하게 만들고 있다. 소설가 최인호 선생은 그의 에세이 〈산중일기〉에서 '눈에서 멀어진다고 해서 마음도 멀어지는 것은 참사랑이 아니다'라고 했지만, 애절히 서로를 갈망하는 사람들은 논외로 치더라도 일반적인 인간관계에서는 위 영어 속담이 매우 설득력 있어 보인다.

뭐라 해도 깨복쟁이 친구가 진짜 친구라는 말도 있고, 그래도 조금 철이 들어서 사귄 중고등학교 친구가 가장 오래가는 진정한 친구라는 주장도 있지만 지난 세월을 반추해보면 꼭 그런 것 같지도 않다. 어린 시절 헤어지기 싫어서 하교 시간에 귀가하지 않고 날이 어둑하도록 함께 어울렸던 친구도 지금은 소식이 끊겨 어디서 무얼 하고 사는지도 알지 못하고, 대학에 가서도 변함없이 자주 만나 우정을 나누자던 중고교 벗들도 캠퍼스가 갈리면서 만남의 횟수가 줄어들자 결국 데면데면하게 되었다. 이성 간의 간절한 사랑이 아닌, 단순한 친구 사이에서는 물리적 거리로 인해 우정이 시들해지는 경우가 빈번한 것 같다. 몸으로 부대끼며 감정 교류를 하지 않으면 결국 마음도 멀어지게 되는 것이다.

(중략)

아주 가까이 지냈던 친구가 있다. 고교 때 같은 반이었고 대학도 같이 다녔으며 군대에서 제대한 후 한 학기를 또 같이 다녔으니 당연히 친할 수밖에 없다. 지난 주 그를 9년 만에 장례식장에서 만났다. 친한 벗을 이렇게 오랫동안 만나지 못한 것은 참 의외다. 취업 직후에도 직장이 가까워서 자주 만났었는데 어느 날 그가 전주로 거처를 옮기면서 긴 시간 연락이 끊겼다. 다행히 SNS로 다시 연결되어 간간이 문자를 교환하기도 했지만 이전만은 못했다. 바쁘기도 했고, 각자 새로운 지인이 생기면서 둘만의 공감대가 줄어들었기 때문이다.

과거 오랜 시간을 함께해서인지 긴 공백에도 불구하고 우리는 추억 한 자락을 붙들고도 꽤 많은 대화를 이어갈 수 있었다. 추억을 소환했더니 이내 잠자고 있던 과거사들이 하나씩 살아서 돌아오고 있었다. 그런데 대화 중 놀라운 사실을 발견했다. 필자가 그 친구 관련하여 주위에 자주 이야기하던 에피소드 몇몇이 전혀 사실이 아니라는 것이다. 특히 너무나 명백하다고 생각한 사실, 즉 그의 권유로 취업원서를 내서 현재 다니는 그룹에 합격한 세렌디피티(serendipity)의 기억이 완전히 헝클어져 버렸다. 상대의 검증을 거치지 않은 혼자만의 기억이 낳은 대오류다.

그렇다면 필자를 현 직장으로 이끌었던 친구는 도대체 누구란 말인가? 이제 왜곡이나 조작된 기억이 아닌, 온전히 사실에 근거해서 그 주인공을 다시 찾아 나서야 할 것 같다. 눈에서 멀어져 잊혀가는 것도 슬픈 일이지만 잘못된 기억으로 오래 남는 것은 더 안타까울 테니까. 閑

편안함 _
가족의 또 다른 이름

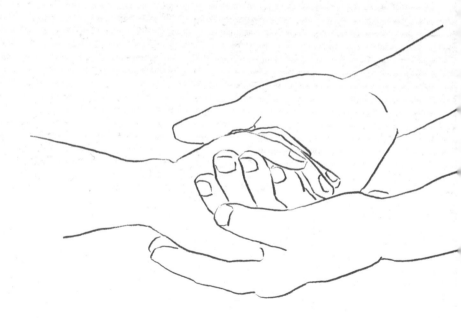

하나님의
가족

[2022. 09. 06]

얼마 전 대학 선배가 유머를 몇 개 보내줬는데 그중 하나가 너무 재미있어서 약간 각색하여 올립니다.

주일학교에서 전도사님이 초딩들에게 열심히 성경 말씀을 얘기하고 있었다. 그런데 갑자기 한 남자아이가 전도사님에게 물었다.

"전도사님요, 하나님하고 예수님하고 한 가족 맞지예? 그리고 부자지간이 맞지예?"

"응, 그렇지."

"그란디 우째서 '하나님'은 '하'씨고, '예수님'은 '예'씨인교? 재혼을 했는교?

아니면 델꾸 들어온 아인교?"

갑작스런 질문에 전도사님은 당황하여 미처 대답을 못한 채 난감해하고 어쩔 줄을 몰라 했다. 바로 그때 질문하는 아이 옆에 있던 여자아이가 그 아이의 뒤 통수를 쥐어박으면서 말했다.

"임마! 서양 사람들 성이 성이 뒤에 안 붙나! '하느 님'과 '예수 님' 두 분의 성씨가 모두 다 '님'씬기라, 이 바보야! 질문을 할라믄 질문 같은 질문을 해라쫌. 이 문디 자슥아!"

전도사님은 우문현답을 한 그 여자아이 때문에 폭소를 터트리면서 한편으로는 큰 은혜를 받았다나 어쨌다나.

여기서 한 발 더 나가면 훨씬 감칠맛이 나지 않을까 생각해 봅니다.

처음 질문한 남자아이가 지지 않고 대꾸했다.

"뭐라꼬, 내가 바보라꼬? 그럼 우리 동네 스님도 하나님 일가친척이란 말이가? 님자로 끝나이 말이다."

그러자 우문현답한 여자아이가 더 목청을 높여 말했다.

"그래서 니는 안 되는기라. 스님은 한국 사람 아이가! 우리나란 성이 앞에 안붙나! 스님은 '스'씨니 하나님 가족 아이다."

불쌍한 남자 아이를 살릴 첨언은 많지만 오늘은 여기까지만 하

겠습니다^^ 다만, 비록 성씨는 다를지라도 우리는 모두 다 하나님의 자녀 아닐까요? 卍

"하나님 하고 예수님 하고 한 가족 맞지예?
그란디 우째서 '하나님'은 '하'씨이고,
'예수님'은 '예'씨인교?"

큰 버팀목을 잃은
슬픔

[2021. 04. 15]

    결혼 후 처가에 갈 때마다 느끼는 감정은 '또 다른 세상'이었습니다. 신선하다 못해 유쾌한 충격이라고나 할까요. 지역적으로 멀지 않은 같은 군(郡) 내에 속한 처갓집은 우리 집과는 완전히 달랐습니다. 주말이면 거주 지역을 달리 하는 모든 자녀들이 모여 들어 농사를 거든다는 사실부터가 그렇습니다. 과거 거의 모든 농사 일에 면제 대상이었던 저와는 달리, 아내를 포함한 처갓집 5남매는 예외 없이 주말에 집으로 와서 농사 일을 도왔던 것이지요. 그리고 그 손놀림이 또한 예사롭지가 않습니다. 더 놀라운 것은 재배하는 작물들이었지요. 결혼 이듬해 봄에는 안개꽃을 논 가득히 키우고 있었습니다. 고추, 배추, 담배 농사 일이라면 엄두가 나지 않아 꽁무니를 뺐겠지만 안개꽃은 하도 예뻐서 저는 일이 아니라 아름다운 자연을 감상한다는 기분으로 좀 거들었습니다. 거든다고 하지만 일에 적잖이 방해가 되었을 것인데, 장모님은 귀한 사위에게 그런 일을 시켜서 어떡하냐고 연신 미안함을 표했습니다. 그것도 일이라고 힘들어서 설렁설렁 꽃 한 바지게 얹고는 서툰 지게질을 해서 잽싸게 집으로 줄행랑 쳤던 기억이 납니다. 다들 부지런히 손을 움직이고 있던 시간에, 결혼 전 아내가 쓰던 작은 방 피아노 위에 안개꽃 한 묶음을 올려 놓고 독수리 타법으로 한가로이 피아노를 치던 기억도 새삼스럽습니다.

  그 후로도 처가집의 재배 작물은 수시로 바뀌었습니다. 유행을 쫓기보다는 그때그때 장모님의 정보와 판단에 따라 정한 것인데 결과는 거의 대부분 성공이었습니다. 처가집에서 재배를 중단한 농작물은 그 다음해 또는 2년 후에 다른 농가에서 볼 수 있었는데, 그 해에는 과다 공급으로 그 작물 가격이 많이 하락했다는 뉴스를 접하곤 했지요. 가축도 몇 종류 번갈아 키웠는데 그것도 비슷했습니다. 농사와 가축 키우는 일로 처가 부모님과 5남매는 몹시 힘들 법도 한데 큰소리 한번 나는 일 없이 늘 화목하고 평화로웠습니다. 이유는 간단합니다. 매사가 계획한 대로 풀리니 몸은 힘들어도 마음이 다들 편안했기 때문일 것입니다. 부모로부터 물려받은 재산이 거의 없었던 장인 장모였지만 두 분의 억척스러움과 지혜, 자식들의 부지런함이 더해져 처가집은 꽤 많은 자산을 축적한 것 같더라구요. 5남매 모두를 대학에 보내고도 논밭은 더 늘어났습니다. 다들 사치함을 모르고 검소하게 살아서 여느 농가처럼 가난해 보이긴 했지만 말입니다.

장모님은 보기 드문 여장부입니다. 말수 적고 마냥 인자하시기만 한 장인 어른을 앞장 세우고, 온순하지만 개성 강한 다섯 자식을 키워내려면 카리스마가 필요했을 겁니다. 맏딸로서 가난한 친정 식구를 통솔하던 기개가 이미 몸에 밴 덕분이기도 할 것이고요. 거기에다가 내면에 감춰진 치밀함은 늘 저를 깜짝 놀라게 했습니다. 그렇다고 그런 장모님이 항상 좋았던 것은 아닙니다. 우리 가문에 대해 언뜻 내비치는 안타까움의 표시는 당신의 의도와 달리 간혹 비난으로 느껴져서 그랬던 것 같습니다. 그래서 다소 불편하기도 하고 서먹한 적도 있었지요. 그런데 제가 자식을 낳고 그들이 성인이 되면서 장모님을 보다 더 잘 이해하고 존경하게 되었습니다. 자식들에게 목표의식을 갖게 하며 때론 견인하고 한편으로는 실타래도 풀어주는 게 부모의 역할일진대 당신은 그 역할에 충실한 분이었으니까요. 생각이 바뀌자 장모님에 대한 태도가 바뀌었습니다. 보다 더 공손하고 살가워졌습니다. 하지만 때가 좀 늦었습니다.

작년 여름 갑자기 닥친 중병은 불과 1년도 지나지 않아서 영원한 이별을 가져왔습니다. 항암 치료를 위해 서울을 오가는 와중에도 늘 긍정적이면서 의연하셨던 모습이 아직도 선합니다. 잔뜩 흐렸던 날씨도 어제 발인날 아침 개기 시작했고 장지에 도착했을 때는 햇빛이 비쳤습니다. 장지는 당신 삶의 터전이었던 마을 앞 밭으로 정해졌습니다. 군대에서 휴가 나온 우리 큰아들을 포함하여 네 식구가 고추 모종을 옮겨 심었던 곳입니다. 아직은 때가 아니라 주위가 휑하지만 가까운 시일에 밭 저쪽 끝에는 블루베리가 까만 열매를 탐스럽게 맺어가는 광경이 보일 것입니다. 그리고 고추 모종 옮겨 심는 자녀 손들, 그 다음엔 빨갛게 익어가는 고추도 보일 겁니다. 그런 추억이 남아 있는 곳이라 참 다행입니다. 이제 모든 근심 걱정 내려놓으시고 편안히 쉬시기를 소망합니다.

현명한
거절

[2013. 12. 07]

갑을 논란이 간간이 사회적 이슈가 됩니다. 우월적 지위를 가진 상대와 맞서야 하는 약자의 아픔을 아직은 우리 사회가 안타깝게 생각하면서 어떻게든 도와주려 하기 때문이겠지요. 그런데 대기업에 근무하는 사람에 대해서는 상호 우열관계를 따져보지도 않고 그냥 무조건 '갑'이라고 생각하는 경향이 있습니다. 그러나 하는 업무에 따라 대기업에 근무하는 사람도 '을'인 경우가 많지요. 제가 맡고 있는 사업본부 중 법인영업이 전형적인 '을'입니다. 심지어 법인영업을 하는 직원들 말로는 평생에 한 번도 열위의 입장이 바뀌지 않을 거라면서 '평을(평생 을)'이라고 스스로를 소개하기도 하지요. 사실 그렇습니다. 어떤 사업 파트너에게도 목에 힘을 줄 수 없고 도리어 깍듯이 예를 갖춰야 하니까요.

당연히 거래처의 임직원은 제겐 '갑'입니다. 그들의 선택을 받아야 매출이 일어나고 그래야 회사가 돈을 버니까요. 그런데 오랫동안 거래를 하거나, 만난 지 얼마 되지 않아도 마음이 통하는 경우 가끔은 이런 갑을 관계가 아닌 일반사회의 인간관계를 형성하기도 하지요.

제법 큰 거래선 대표 중에 이런 사람이 있습니다. 만나자마자 그냥 호형호제 하는 사이가 된 것이지요. 불과 5년 전만 해도 주요 거래선은 아니었습니다. 그래서 그리 눈에 띄지도 않았지요. 몇 년 전, 그를 처음 만나 얘기를 나누면서 이것저것 관찰해 보았습니다. 나이는 한참 어린 젊은 사장이지만 정말 꿈이 크고 열정이 가득한 것을 느낄 수 있었지요. 당연히 의형제 맺기를 자청했고 그도 흔쾌히 동의하였습니다. 수중에 가진 돈이 없는 사람은 용서해도 꿈이 없는 사람은 용서 못하는 제게, 그는 꿈도 있고 앞으로 돈도 많이 벌 것 같은 사람으로 보여 그리 한 것이지요.

그 젊은 사장은 기대를 저버리지 않고 새로운 아이디어와 추진력으로 사업을 크게 키워서 수년 전에 비해 지희에게도 두 배 이상의 매출을 올려주고 있습니다. 그리고 '아직도 배가 고프다'면서 새로운 사업 기회를 만들어 가고 있지요. 그런 그에게서 사흘 전 문자 연락이 왔습니다.

"형님, 스타트원 골프+헬스로 등록 완료했으니 이용하시면 되겠습니다. 참고로 락커번호 ○○○○, 비밀번호는 ○○○○입니다^^"

전날 저녁 식사 자리에 우연히 합석해 얘기를 나누던 중, 요즘 운동을 도통 못해서 건강이 말이 아니라고 했습니다. 그리고 피트니스에 대한 이런저런 얘기가 오간 끝에 지나가듯이 같이 운동하는게 어떻겠느냐고 했는데 이에 대해 바로 피드백을 한 것이지요. 정말 실천력 하나는 끝내주는 친구입니다. 장난기가 발동해 이렇게 답장을 보냈습니다.

"뭐야, 신상정보도 안 알려 줬는데 어케?"

그랬더니 건강 기원하는 아우의 선물이라면서 돈 얘기는 꺼내지도 말라고 신신당부를 합니다. 이건 아니다 싶어 통장 번호를 알려달라고 했더니 그리 못한다, 6개월 뒤에 알려주겠다 운운하더군요.

농담같이 시작된 일이 좀 이상하게 흐르게 되었습니다. 그래서 아내에게 일어난 자초지종을 얘기하며 상의를 했지요. 아내가 정색을 하며 저의 경솔함을 지적했습니다. 아무리 막역한 사이라도 공사는 확실히 구별을 해야 한다고 말이지요. 갑자기 크게 한방 맞은 기분이었습니다. 듣고 보니 아내의 말이 지당했으니까요. 그래서 을이 갑에게 이런 문자를 보냈습니다.

"통장 번호와 사용료 안 알려주면 내가 따로 끊어서 다른 데로 다닐 것이니 그리 아시게나. 성의는 고맙지만 그렇게 해서는 안 될 것 같아 그러니 아우님이 양해하시게나."

그래서 어떻게 되었는지 아십니까? 당연히 그가 제 말이 옳다고 수긍하면서 계좌번호와 피트니스 비용을 알려 왔지요. 돈을 송금하고 나서 피트니스 카운터를 방문했습니다. 마지막 확인할 것이 남아서요. 본인이 부담한 것보다 제게 적은 비용을 통보했다면 이 또한 안 될 일이니까요. 계산은 정확히 맞았습니다.

아무튼 그 젊은 사장 덕분에 원래 다니던, 멀리 떨어진 피트니스 센터 대신 가끔은 회사 근처에서 운동할 수 있게 되었습니다. 이런 착한 아우를 둔 것은 참으로 행운이 아닐 수 없지요. 그러나 정작 더 다행스럽고 가슴 뿌듯한 것은 제 자신의 경솔함을 짚어내고 바르게 안내해준 아내가 있다는 것이 아닐까 합니다. 🔲

복습
공책

[2011. 10. 09]

　학교 다닐 때 저는 유독 체육 시간이 싫었습니다. 그냥 책을 읽으라면 하루 종일 해도 좋았지만 뛰어다니는 일은 왠지 하기 싫더라구요. 군대 가서야 비로소 제가 운동신경이 제법 있다는 것을 알게 되었고 그 뒤부터는 운동에 대한 막연한 공포가 없어지면서 운동을 즐기고 있지만 말입니다.

　저는 요즘 아이들은 체육 시간을 싫어하리라 생각했습니다. 어려서부터 영어, 미술, 음악 등 각종 학원에 치여 운동을 좋아할 리가 없을 거라 지레짐작한 것이지요. 그런데 전혀 그렇지 않다고 합니다.

초등학생을 가르치고 있는 아내의 말에 의하면 아이들이 가장 좋아하는 시간이 체육 시간이라고 합니다. 아이들에게 당근(?) 주는 방법 중 가장 효과 있는 것이 '체육 시간 준다'라는 것이라네요.

아내는 일기를 중요하게 생각합니다. 그리고 올해부터는 '복습 공책'을 강조하고 있다는군요. 아내가 올해 들어 생각한 본인만의 교육방법인데 아주 효과가 좋다고 합니다. 그래서 일기와 복습 공책이 제대로 되어 있으면 체육시간을 준다고 얘기 하는데 이게 먹혀서 모두들 일기와 복습 공책 숙제를 제대로 하고 있다네요.

처음에는 아이들의 숙제 솜씨가 기대 이하였다고 합니다. 일기도 몇 줄만 형식적으로 쓰는 아이가 많았습니다. 그래서 물었답니다.

"왜 이렇게 내용이 적어?"

"쓸 게 없어서요."

"넌 하루 종일 아무 일도 안 하니?"

"아니요"

"그럼, 네가 한 일을 쓰면 되는 거야. 그리고 느낀 점이 있으면 그것도 쓰면 되고."

이제 아이들은 빼곡히 일기장을 채우고 있다고 합니다. 그리고 복습 공책인데요. 그날 배운 내용을 간략히 요약해서 작성하는 숙제랍니다, 요점 정리를 하라는 것인데요, 의외로 아이들이 잘 따라

주고 있어서 너무 보람을 느낀답니다. 절대로 30분을 넘겨서는 안
된다고 하네요. 그러면 아이들이 스트레스를 많이 받게 될 테니까
요. 30분 이내의 시간을 들여 하는데 의외로 잘한답니다.

다만 주말에는 일기와 복습 노트를 강요하지 않는다고 합니다.
주중에만 열심히 공부하게 하고, 주말에는 아이들에게 놀 수 있게
해주는 것이 좋다는 것이지요.

아내가 좀더 일찍 이런 아이디어를 생각해 냈다면 우리 두 아들
이 훨씬 더 건강하게 자라지 않았을까 하는 아쉬움이 있지만, 그래
도 지금 자라나는 아이들이라도 이러한 혜택(?)을 받고 있으니 그
나마 다행이라는 생각을 해봅니다.

복습 공책은 어린 자녀를 둔 부모 입장에서 한번쯤 활용해볼 가
치가 있다고 생각하는데 어떠신지요? 未生

세렌디피티

[2012. 07. 29]

세렌디피티(Serendipity).

사전적으로는 '뜻밖의 재미' 또는 '운 좋은 발견'이라고 합니다. 그리고 학술적으로는 완전한 우연으로부터 중대한 발견이나 발명이 이루어지는 것을 말하며 특히 과학 연구 분야에서 실험 도중에 실패로 얻어진 결과에서 중대한 발견 또는 발명을 하는 것을 이르기도 합니다.

그런데 언젠가부터 '뜻밖의 행운'이라는 뜻으로 회자되면서 글 쓰는 사람들이 자주 인용하는 단어가 되었지요. 기대하지도 예상하지도 않았는데 정말 우연히 만나는 행운 말입니다. 한치 앞을 예측할 수 없는 불확실한 시대에 살고 있으면서도 정작 사회구조는 성숙화 단계로 진입해버린 탓에 행운이라는 것이 도무지 뜻밖에 오는 법이 없어서 이 단어에 더 연연해 하는지도 모르겠네요.

엊그제 아내가 불쑥 일요일에 큰 아이 면회를 가자고 하더군요. 이제 갓 자대에 배치된 아들의 면회가 될 리 만무해서 '그게 가당키나 한 일이냐?'고 제가 반문했습니다. 그랬더니 아들에게 직접 전화를 받았다면서 정색을 하며 혼자라도 한번 가보겠다고 하더군요. 뭔가 착오가 있는 것 같아 토요일에 분명 전화가 올 테니 다시 한번 확인해 보라며 그냥 웃어 넘겼습니다. 그런데 어제 큰아들이 고참에게서 주말 면회 일정 확인을 받았다면서 다시 전화를 해왔습니다.

자초지종이야 어찌 되었든 아들을 만나게 된다는 사실에 아내는 혼자 신이 난 모양입니다. 토요일 오후 내내 혼자 장을 보고 주일 새벽부터 이것저것 먹을 것을 싸기 시작하더군요. 야유회 갈 때 풍경 그대로입니다. 차로 집에서 출발한 지 50분이 될 때쯤 정확히 부대 앞에 도착했습니다. 면회 수속도 신이 난 아내가 다 착착 진행했고 둘째아들과 전 그냥 그 광경을 지켜볼 뿐이었습니다.

드디어 아들이 선임병의 보호(?) 아래 면회실로 왔습니다. 잔뜩 긴장한 탓에 반가운 표정도 못 짓더군요. 아내는 재빨리 부대원들을 위해 준비해 온 자유시간, 초코파이, 각종 과일을 그 선임병의 손에 쥐어줍니다. 그리고 통닭은 곧 시켜주겠다며 만면에 미소를 지어 보입니다. 그 선임병은 덥석 받지 않고 상부에 보고하여 허락을 받아보겠다며 나가더니 한 5분쯤 지나 되돌아 와서 감사히 먹겠다며 가져 가더군요. 옛날하고는 많이 달라진 병영 풍경입니다. 옛날에는 누가 면회 올라치면 그날이 포식하는 날이라 좋아했는데 요즘은 그마저도 없어져 가는 것 같습니다.

면회 온 가족이 마침 저희밖에 없어 아들에게 무더워 보이는 군복과 군화를 잠깐 벗고 있으라 해도 그냥 괜찮다고 합니다 선임병이 갔음에도 또한 여전히 부동자세를 풀지 않고 말도 '다나까'로 하더군요. 다만 할 말은 많은지 준비해간 음식을 먹으면서도 본인의 실수담이며 앞으로의 군 생활에 대해 아내와 열심히 논의합니다. 군에 가본 적도 없는 아내가 이렇게 한국 군대에 대한 해박한 지식이 있는지는 정말 몰랐습니다. 병장으로 제대한 저보다도 더 뛰어난 조언자더군요.

네 시간이 지난 즈음에 아들을 위해 특별 음식을 주문하고 부대원들을 위해서는 별도로 통닭을 주문했습니다. 이번에도 상부의 허락이 떨어졌는지 부내원이 면회실 옆 간이 휴게소에서 맛있게 먹는 모습이 보였습니다. 평소엔 알뜰하던 아내가 아들 일에는 정말 통이 큰 여장부가 됩니다. 엄마는 그런 것이겠지요?

　면회가 끝나갈 즈음, 뜻밖에 분대장이 면회실로 왔습니다. 가만히 다가와 가족과 대화를 나누는 아들의 등을 다정하게 토닥여 주더군요. 그리고 저희 부부에게 감사와 당부의 뜻을 전합니다. 오늘 준비해 온 여러 음식은 감사히 잘 먹었지만 앞으로는 그러지 말라는 것이지요. 형편이 안 되는 부대원에겐 그것도 부담이 될 거라면서요. 아내의 호의가 이런 문제를 야기할 수도 있겠다는 생각을 하게 되었습니다. 다음부터는 좀 더 사려 깊게 생각하고 배려하는 마음을 갖겠노라고 대답해 주었지요.

　그리고 너무나 궁금해서 오늘 면회가 어떻게 이뤄진 것인지를 조심스럽게 물었습니다. 그랬더니 본인이 그렇게 해주었다는 것입니다. 열흘 전 자대 배치를 받고 온 큰아이를 보면서 본인과 무척이나 닮았다는 느낌을 받았다고 하네요. 그래서 아들을 유심히 관찰하고 관심 있게 지켜보았다고 합니다. 가장 시급한 것이 기초 체력을 다지는 것이라 생각해서 체육과를 다니다 온 병사에게 특별 농구 과외지도도 맡겼다고 합니다. 운동을 그렇게 싫어하던 아들이 농구에 조금 재미를 붙여 간다고 하네요.

　한 시간 남짓 분대장과 이야기를 나눴는데 정말 깜짝 놀랐습니다. 불과 열흘 사이에 큰아이의 모든 사항을 다 꿰뚫고 있더군요. 이런 분대장이라면 부대원들을 정말 잘 이끌어 주겠구나 하는 믿음이 갔습니다. 마침 면회 신청자가 별로 없는 상황이긴 했지만 이제 갓 들어 온 신병에게 면회라는 특별 배려를 해주는 분대장을 만난 것도 아들에게는 '뜻밖의 행운'이 아닌가 합니다.

세렌디피티. 이것은 저만의 일은 아닐 것 같습니다.

누구에게나 다가오겠지요. 그럴 경우 그저 기쁘게 맞으면 될 일입니다. 至

요리
배틀
[2022. 08. 15]

    동서고금을 통해 음식을 서로 나누는 것은 인간관계에 있어서 매우 중요한 일입니다. 오죽하면 일가친척이 아닌데도 함께 숙식하는 사람을 일컬어 '한 식구'라고 부를까요. 식구(食口)를 풀어 쓰면 끼니를 같이 하는, 즉 밥을 함께 먹는 사람이라는 뜻이지요. 그래서인지 음식 잘하는 사람이 배우자로 최고라는 말이 힘을 받고 있습니다. 실제로 유명한 미모의 여자 탤런트가 모 쉐프와 결혼했을 당시 그 쉐프가 '전생에 나라를 구했나?'라면서 큰 횡재라도 한 듯이 수군댔으나 얼마 지나지 않아 오히려 그 여자 탤런트가 복 받은 게 아니냐는 의견들이 많아지게 되었으니까요.

아내가 친정에 가고 그나마 요리를 제법 잘하는 둘째가 지난 이틀간 드라마 촬영에 매달리느라 숙식을 현장에서 해결하는지 집에 들어오지 못했기 때문에 이번 3일 연휴 중 이틀 내내 큰아들과 함께 식사를 온전히 자체 해결해야만 했습니다. 이런 경우 주문 음식으로 대부분을 때우고 간혹 라면 별식을 먹는 게 일반적인 패턴이었지만 이번에는 아들에게 우리가 한번 나눠서 음식을 만들어 보자고 제안했습니다.

아들도 흔쾌히 이에 동의하더군요. 배달 음식을 즐겨 먹는 큰아들에게서 의외의 대답을 듣고는 조금 당황했지요. 한편으로는 모처럼 계급장 떼고 동등한 입장에서 자웅을 겨뤄봐야겠다는 기대감도 들었습니다. 아침을 안 먹는 아들을 고려하면 이틀이라고 해봐야 네 끼를 때우는 것이니 각자 두 끼 식사 준비를 하면 되는 일이었습니다.

매도 먼저 맞는 게 낫다고 제가 먼저 시작했지요. 준비할 재료는 필요 없었습니다. 마침 먹다 남은 돼지갈비 김치찌개가 많이 남아 있었으니까요. 대개 부인이 친정이나 여행을 갈라치면 사골국을 잔뜩 끓여 놓고 간다는 말이 있는데 제 아내는 주로 갈비류를 해 놓고 갑니다. 갈비 김치찌개를 잔뜩 끓여 놓고 가거나 아니면 식당에서 갈비탕을 사다 냉장고에 가득 넣어 놓습니다. 실은 그것을 적당히 데워 먹어도 충분하지요. 그러나 이번에는 서로의 조리 실력을 발휘해서 정성껏 서로 대접해야 하기에 그럴 수가 없습니다. 먼저 갈비뼈를 들어 내서 거기에 붙은 살을 발라 찌개용 프라이팬에 도로 넣고 찌개 국물을 조금만 남기고 따라내었습니다. 그런 다음 냉장고에 있는 2인분 분량의 밥을 프라이팬에 넣고 함께 섞습니다. 식감이 있는 야채가 있나 냉장고를 뒤져보니 고구마대 나물이 있네요. 콩나물이나 고사리 무침이 좋지만 그게 없으니 이것도 아주 좋은 재료입니다. 함께 넣어서 이미 섞인 고기, 김치, 밥과 함께 한참을 볶습니다. 제법 맛있는 색깔이 보이기 시작하죠. 양념은 필요 없습니다. 이미 찌개, 무침 등에서 간이 적당하게 맞춰졌으니까요. 한술 떠 맛을 봅니다. 제 입맛에 맞는 기막힌 맛입니다. 계란을 하나 깨서 이미 조리된 음식들과 휘휘 뒤섞어 조금 더 볶습니다. 라이스 리조또가 따로 없지요. 이게 바로 저만의 라이스 리조또입니다. 아들이 자기에게 건네진 음식을 맛봅니다. 자못 그 반응이 궁금하여 빤히 쳐다보며 어떠냐고 채근하듯 묻자 엄지 척을 해주네요. 대성공입니다.

이제 아들 차례입니다. 다소 부담이 되었는지 오후에 밖에 나가서 재료를 잔뜩 사가지고 들어옵니다. 저 많은 양으로 무엇을 만들어 주려고 하는지……. 다섯 시쯤 시작한 요리 시간이 꽤 길어집니다. 주방에서는 어느 유튜브가 연신 어떻게 조리해야 할지를 큰 소리로 떠들어대고 있네요. 힐끗 쳐다본 주방은 어지러이 널려 있는 각종 재료로 산만하기까지 합니다. 7시 즈음 음식이 다 되었는지 식탁으로 부르네요. 제 음식은 큰 접시에 계란을 하나 얹은 채 놓여 있고 아들 본인 것으로 보이는 음식은 락앤락 그릇에 담겨 있습니다. 음식 담는 그릇 취향도 독특하다 생각하며 제 것을 먹어 보았지요. 퓨전 음식 비슷한 게 약간 느끼한 맛은 있지만 갖은 재료가 들어가서인지 제법 먹을 만합니다. 한참 먹고 있는데 아들이 자기 것 두고 제 것을 먹습니다. 그렇다면 락앤락 통 안의 음식은 다음날 비축용으로? 할 수 없이 제 몫을 아들과 나눠 먹는 수밖에요.

그런데 말입니다. 그게 아니었습니다. 설거지도 마치지 않은 채 아들은 주섬주섬 락앤락 통의 음식과 직접 구운 삼겹살을 쇼핑백에 담더니 약속이 있다며 밖으로 나갑니다. 아마 최근 만나고 있는 여자 친구에게 가는 것 같습니다. 그럼 그렇지. ㅜ_ㅜ 🈂

근자감
회복

[2013. 12. 15]

아침 식사 준비를 끝낸 아내가 아들을 깨우라고 합니다. 일요일 아침, 좀 더 자고 싶은 사람을 깨우는 것은 여간 고역이 아니지요. 더군다나 어제 기말고사 치르고 늦게까지 공부하다 온 아들을 깨우는 일이니 힘이 배나 듭니다. 아내는 항상 큰 소리로 이름을 부르며 기상을 독촉하는데 그 방법은 별로 효과가 없을뿐더러 기분을 상하게 만들 때도 있지요. 그래서 저는 좀 다른 방법을 씁니다.

아들 방에 들어가 책상 위에 널브러져 있는 책을 펴서 어느 구절을 물어봅니다.

"재하야, 와류탐상시험이 뭐야?"

"글쎄요, 물이 휘돌아 치듯…… 아이, 잘 모르겠는데요."

아직도 잠이 그득한 목소리로 뭔가를 설명하려다 말을 멈춥니다. 그리고는 대뜸,

"거기는 아직 안 배운 데에요"라고 항의하듯 대꾸하더군요.

물러설 제가 아니지요.

"자기장이 아닌 전기장을 교란시켜 결함을 검출하는…… 뭐, 이런 식으로 설명이 되어 있는데……."

아들은 이미 침대에서 일어나 있습니다. 작전 성공이네요.

대개 이러면 임무 끝입니다. 그래서 방을 나오려는데 문득 편지 한 통이 눈에 띄더군요. 책 가운데 꽂혀 있었음에도 왠지 낯설지가 않았습니다. 부랴부랴 봉투를 열고 내용을 보니 작년 1월 제가 아들에게 보낸 편지네요.

사랑하는 재하야, 이제 듬직한 대학생이 되었구나. 먼저 대학생이 된 것 축하하고 알찬 대학생활 만들어 가길 바란다.

나는 오직 공부에만 매달리지 않고 틈틈이 소설책과 에세이를 읽고 교회에서 어쿠스틱 기타를 연주하고 친구들과 각종 문화생활을 같이하는 너의 여유로움이 좋았다. 전혀 걱정이 안 되는 것은 아니었지만 수능시험에만 올인하지 않고 다방면으로 활동하는 모습이 대견스러웠지. '근거 없는 자신감'이라고 네 엄마는 항상 불안해 했지만 그러나 난 마음 깊은 곳에서 믿음이 자리잡고 있

음을 느끼곤 했다.

이제 하나의 과정이 시작되고 있다고 생각한다. 새로이 시작되는 이 과정도 지금까지 해온 것처럼 헤쳐 나가길 바란다.

'실패를 두려워하지 말되 같은 실수를 반복하지는 않도록 하라'라는 말을 해주고 싶구나. 각본처럼 짜여진대로 살아가는 생활이 아니라 새로운 일을 시도하고 경험하라고 말하는 것이다. 다만 이제 대학생이 된 만큼 스스로 매사에 책임을 진다는 각오로 임해야 될 것이다.

난 언제나 너에게 든든한 후원자요 지지자로 남겠지만 네 인생의 주체는 너 자신임을 잊지 않았으면 한다. 그리고 주도적으로 자신감을 가지고 문제에 부딪혔으면 한다. 지난 봄, 네가 '피할 수 있어도 부딪혀라'라고 나에게 농담처럼 얘기했을 때 나는 너의 재치와 용기에 그만 가슴이 뭉클했다. 그런 자세면 충분하다.

끝으로 책 한 권 추천한다. 내가 지난 해 '최고경영자과정'을 수강했을 때, 교수님이 추천해 주신 도서이기도 하다. 말콤 글래드웰의 『아웃라이어』인데 네게 도움이 되리라 생각한다.

그럼 항상 건강하고 즐거운 대학생활 되길 바라며 이만 줄인다.

2012. 1. 23. 아빠가.

여태껏 이 편지를 간직하고 있는 아들이 감사할 뿐입니다. 작년 한 해 아들에겐 많은 시련이 있었습니다. 큰 수술을 받아 꽤나 고

생을 하였고 회복하는 데 상당한 시간이 걸렸으니까요. 그래서인
지 공부에 의욕을 잃고 상당 기간 학업에 집중하지 못하더니 올 초
에는 대학 생활을 접으려는 생각을 내비치기까지 했습니다. 하지
만 몇 달 전부터 예전에 보여주었던 '근자감(근거 없는 자신감)'을 서
서히 되찾고 있는 것 같네요. 이번 주에도 수업시간에 중요한 발표
가 있었나 봅니다. 학교 얘기는 거의 하지 않던 그 녀석이 다소 과
장되게 너스레를 떨더군요. 자신의 발표가 끝나자마자 교수님께서
극찬을 하더라고 말입니다. 이제 걱정은 그만해도 될 것 같네요. 확
실히 예전의 그로 되돌아 왔습니다. 그런 아들을 이 저녁 응원합니
다. 그리고 저만의 즐거운 상상을 해보게 되네요. 저 녀석이 혹 '아
웃라이어'가 아닐까 하고 말입니다^^ 🈁

요지부동과
충고 사이

[2013. 11. 03]

　동생이 새로운 사업을 한다는 이야기에 그만 가슴이 철렁합니다. 가족들의 만류에도 불구하고 동생의 의지는 요지부동입니다. 이제 인테리어 공사도 거의 끝나가는데 해보지도 않고 그만둘 수가 있겠느냐는 것이지요. 걱정이 되어 어제 저녁 다시 전화를 해서, 서너 달 해보다가 계획대로 되지 않으면 빨리 접으라고 신신당부를 했습니다. 지금 하고 있는 사업도 힘에 부쳐 버둥대면서 전혀 경험도 없는 사업에 뛰어드는 것이 그냥 무모해 보였거든요.

　동생은 주방기구 제조업체를 나름 잘 운영하고 있습니다. 규모는 크지 않지만 오랜 기간 쌓아온 신용을 바탕으로 요즘 같은 불경기에도 꾸준히 매출을 올리고 있지요. 밀려드는 일감에 늘 정신이 없어 보일 지경입니다. 그런데 난데없이 요식업을 한다고 하니 걱정이 될 수밖에요. 그것도 동업을 한다고 하니 말리지 않을 수가 없었습니다. 지금 하고 있는 사업과 유사한 사업으로 확장한다면 딱히 말릴 이유가 없지요. 기술적으로 핵심역량을 보유한 회사가 그 핵심역량을 바탕으로 유사 사업으로 확장하거나 제품 다각화에 나서는 것은 흔한 사례입니다. 그러나 이것은 전혀 그것과 거리가 멀지요. 굳이 경영 이론을 들먹이지 않더라도 주방기구 만드는 것과 음식 장사는 전혀 시너지가 있어 보이지도 않습니다.

통화를 끝내려는 동생을 붙잡고 20분이 넘게 정 하겠다면 이것도 챙겨보고 저것도 챙겨 보라고 주문을 했습니다. 마치 화롯가에 엿 놓은 심정으로 말이지요. 의지가 확고한 동생도 형 이야기를 건성으로 듣지 않고 몇 가지는 새겨듣는 것 같았습니다.

전화를 끊고 나서 여전히 걱정은 되면서도, 그냥 생각 없이 시작한 일은 아니라는 것을 동생 말 속에서 읽었지요. 그래서인지 당분간은 잘 꾸려갈 수 있겠다는 느낌이 들었습니다. 거기에 생각이 미치자 공연히 미안해지더군요. 새로운 사업을 시작하는 동생에게 덕담은 고사하고 오히려 각종 위험 요소만 잔뜩 들먹이면서 불안감을 조성했으니 말입니다. 시작도 하기 전에 의욕을 상실하게 만든 것이지요. 차라리 '넌 정말 그 일도 잘 해낼 수 있어'라고 등을 두드려주는 게 나았을지도 모르겠습니다.

오늘 이른 새벽에 동생에게 한 통의 문자가 왔습니다. 일러도 한참 이른 시간이었지요.

"형, 항상 제가 가장 존경하는 분이 형이지요. (중략) 너무 걱정마세요. 잘할게요. 잘 살게요."

잘 해낼 것이라는 생각이 듭니다. 그래서 이제 우려의 말들은 접고 잘 해내길 진심으로 바란다는 덕담을 해주었습니다. 그리고 동생이 보낸 문자를 다시 한번 찬찬히 읽어보았지요. 그럼에도 불구하고 어제 제 블로그에 올라온 글이 문득 떠오릅니다.

'응원의 목소리는 생각보다 쉽게 나올 수 있지만, 진심 어린 충고나 쓴소리는 진정으로 걱정하지 않는 이상 나올 수 없다.'

동생이 이 글을 읽었는지는 잘 모르겠습니다. 다만 제 마음이 이렇다는 것은 읽은 것 같네요. 아무쪼록 동생이 새로운 사업도 잘 해냈으면 합니다. 未生

달콤한
입원 생활

[2012. 01. 22]

　작년부터 가끔씩 무릎 통증이 오기 시작하였으나 대수롭지 않게 여기다가 결국 지난 목요일 수술을 하는 상황에 이르고 말았습니다. 위기는 준비가 부족하여 자신감이 결여되었을 때 오기도 하지만 자신감이 도를 지나쳐 자만심으로 자리잡을 때에도 오는 법인가 봅니다. 몸에 대한 지나친 과신이 화를 부른 것이지요. 난생 처음 입원을 했습니다. 다행히도 수술 경과가 좋아서 지금은 쩔뚝거리면서도 제법 잘 걷고 있습니다.

　그동안 너무 정신없이 달려왔으니 잠시 휴식을 취하면서 주위를 둘러보라는 깨우침을 준 것이 아닌가 하는 생각도 해 봅니다. 실제로 다리가 조금 불편한 것을 제외하고는 너무나 달콤한 휴식이었습니다. 모처럼 아내와 도란도란 이런 저런 얘기를 나누고, 바빠서 밀쳐 놓았던 책을 보다가 졸리면 그냥 한숨 눈을 붙일 수 있으니 그냥 휴양지에 놀러 온 기분이었지요. 같은 병실에 있는 환자의 보호자가 이러한 저를 두고는 '지금껏 병원에 수없이 있어 보았지만 입원 생활을 즐기는 사람은 처음 보았다'라고 말할 정도였으니까요^^

입원기간 동안 가장 힘든 사람은 아내였습니다. 공교롭게도 장모님도 같은 시기에 무릎 수술로 입원하신 탓에 아내는 목동과 송파동을 오가며 간병을 해야 했으니까요.

그런데 아내보다 더 대단한 사람이 있었습니다. 멀리 울산에서 오신 분입니다. 걷는 것이 불편한 친정아버지를 치료해 주기 위해 이곳 서울까지 모시고 와서 수술을 해드리고 주야로 곁에서 시중을 들더군요. 얼굴이 앳되어서 처음에는 학생이려니 했는데 알고 보니 30대 후반으로 결혼한 지 1년이 채 안 된 신혼이었습니다. 맏딸로서 아버지에 대한 애틋한 정이 그지 없었지요. 더 놀라운 사실은 그녀가 간병을 감당할 만큼 건강하지 못하다는 것입니다. 결혼을 앞두고 대형 교통사고를 당해 전신이 불편한 상태였으니까요. 반신불수가 될 수 있는 심각한 상황이라 부모님께 걱정을 끼치지 않으려고 사고 직후 한동안 쉬쉬했답니다. 이 상황에서 도망가지 않고 끝까지 힘이 되어 준 지금의 남편 덕분에 기적적으로 불구는 면했다고 합니다. 착한 마음씨를 가진 이들에게 하늘의 도움이 있었던 것이 아닐까 생각합니다.

그 뿐이 아니었습니다. 사고를 겪는 등 우여곡절 끝에 1년 전 결혼을 하고 나서도, 그녀는 다리가 불편한 친정어머니를 이번과 같이 서울로 모셔다 치료를 해드렸으며 이후에 여동생 출산 때는 산후조리를 돕는 등 맏딸로서 가족을 돌보는 일을 즐겨하고 있다네요. 본인 몸 추스르기도 버거울 텐데 말이지요. 이를 묵묵히 뒤에서 도와주는 그녀의 남편 또한 대단한 분입니다. 경상도 사나이 특유의 투박한 말투에도 불구하고 붙임성 있고 살가운 태도에서 스며나오는 은근한 따스함이 참 아름다운 사람이더군요.

처음 본 사람, 그리고 앞으로 다시 만날지도 모르는 저를 위해 8층에서부터 주차장까지 앞장서 짐을 들어다 주고, 퇴원하는 저와 아내를 환송해 주던 그 분의 엷은 미소가 이 시간 살포시 제 눈가에 내려앉았습니다. 🖭

만 원의
행복

[전북일보 미생 칼럼, 2021. 06. 17]

　얼마 전 일이다. 가족이 함께한 휴일 점심에 마땅히 먹고 싶은 음식도 없고 해서 가볍게 라면이나 끓여 먹자고 의견이 모아졌다. 흔히 있을 수 있는, 누가 라면을 끓일 것인지에 대한 논란은 없었다. 아내보다 라면을 더 맛있게 조리하는 법을 아는 아들이 있고, 그가 이를 즐겨 하기 때문이다. 그런데 문제가 생겼다. 정작 라면이 집 안에 하나도 없었다. 편한 복장으로 집 안에서 휴식을 취하는 휴일에는 직선거리 100m 안팎의 마트 가는 일도 꽤 귀찮은 일이다. 한동안 서로 눈치만 보고 있다가 마침내 무던함이 적은 아내가 말을 꺼낸다.

"아들, 라면 좀 사와. 라면은 내가 끓일게."

평소 같으면 두말없이 현관문을 나설 둘째 아들에게서 뜻밖의 반응이 나온다.

"내가 라면 사오는 사람이야?" 말꼬리 억양을 세게 올린 대답이다. 아니, 반항 섞인 반문이다.

이런 상황에서도 계속 침묵하다가는 폭탄 돌리기의 희생양이 될 것을 잘 아는 필자가 드디어 나섰다.

"라면 사오면 내가 만 원 줄게."

이 말이 떨어지기 무섭게 아내의 표정이 바뀐다.

"아들, 됐다! 내가 사올게."

거의 동시에 아들은 엄마 앞을 가로막는다. 그리고는 똑같은 대사를 아까와는 전혀 달리 말꼬리 억양을 내리며 "내가 라면 사오는 사람이야~~" 하는 것이 아닌가? 그것도 해맑은 미소를 보이면서. 만 원의 위력을 절감하는 순간이었다. 자칫 심부름을 두고 얼굴을 붉힐 상황에서 만 원으로 인해 평화롭고 화기애애한 분위기로 바뀐 것이다. 만 원이 가져다 준 소소한 행복이다.

2000년대 초에 시작하여 꽤 오랜 기간 꾸준한 시청률을 기록하며 잔잔한 재미를 주던 〈만 원의 행복〉이라는 예능 프로그램이 있었다. 스타급 연예인들이 출연하여 만 원으로 일주일을 버텨내는 과정을 보여준 것인데 나름 신선한 기획이었다. 흔히들 연예인은 사치스럽다는 인식이 강하던 시절이라 연예인들의 조금은 망가진 모습을 보여주는 것이 인기의 비결이었을지도 모른다. 일반인들의 편견을 깨보겠다는 기획 의도에 부응하듯 출연진들은 자신들의 삶 가운데 알뜰하고 진솔한 모습도 있다는 것을 보여주려고 최대한 노력을 했고, 그 결과 5년 가까이 장수한 프로그램이 된 것이다.

지난 칼럼에서 언급했던 봉사 나눔 모임 '미생 이야기'가 그동안 친목단체로 운영되어 왔는데 어제 주무관청에서 설립을 허가함에 따라 정식 사단법인으로 출발하게 되었다. 법인은 이제 소수의 고액 기부자가 아닌, 월 5천 원 또는 만 원을 후원하는 다수의 후원자 그리고 재능 기부자의 봉사로 운영될 예정이다. 사단법인 설립 소식으로 필자의 지인들이 긴장할 필요는 없다. 만 원 한 장이면 일주일, 아니 한 달을 충분히 행복할 수 있다는 것을 곧 알게 될 것이니 말이다. 그러고 보면 종영된 지 15년이 더 지난 그 프로그램을 소환하고 이를 곰곰이 생각해보는 기회를 가진 것이 우연은 아닌 것 같다. 🈁

"아들 됐다. 내가 사올게"
"내가 라면 사오는 사람이야~~"

인생
보물지도

[전북일보 미생 칼럼, 2021. 01. 21]

어느 회사원의 이야기다. 그가 서울에서 부촌으로 알려진 강남에 사는 것만으로도 놀라운 일인데, 자기 명의로 된 아파트에 살고 있다는 것은 참으로 불가사의다. 사방을 둘러보아도 온통 산뿐이던 장수 산골마을에서 태어나 그곳에서 초등과 중등 시절을 보냈으니 언감생심 이러한 부촌을 꿈이라도 꿨겠는가? 그의 아내도 마찬가지다. 같은 장수군에서 고등학교까지 나오고 대학 졸업 후 시골에서 아이들을 가르치던 그녀에게 애당초 서울은 마음에 있지도 않았다. 그런데 이 둘이 만나 결혼해서 자식 낳고 지금 거기 살고 있으니 말이다. 이게 다 보물지도 덕분이다.

부부 둘 다 산골 출신이다보니 대부분의 친인척들은 여전히 고향 마을이나 그 인근에 살고 있다. 자신과 가까운 지인이 강남에 산다는 사실만으로도 친인척들은 괜히 어깨가 으쓱해져서 이 부부를 만날 때마다 입에 침이 마른다. 그런데, 막상 이 부부의 집에 다녀온 친인척들의 반응은 좀 시큰둥하다. 대치동 아파트 근처까지 갈 때만 해도 주변의 높은 빌딩과 강남이란 이름에 주눅 들어 있다가, 집 안을 살펴보고는 이내 어깨를 쭉 펴는 것이다. 집도 너무 좁고 낡은 데다 아파트에 주차 공간도 없어서 살라고 해도 못 살겠다며 고개를 흔든다. 낡아빠진 아파트는 보물도 아닌 것 같고, 보물지도는 있어 보이지도 않는다. 도대체 보물지도가 있기는 한 건가? 그런데 뜻밖에도 안방 잘 보이는 곳에 있다. 화장실이 비좁아 헤어드라이기가 쫓겨온 곳이다. 접착력을 잃어버린 스카치테이프에 의지해, 경대 거울 오른쪽 반면을 차지하며 너덜너덜 붙어 있는 빛바랜 A4 용지가 바로 그것이다. 일본 전역에 '보물지도 만들기 신드롬'을 일으켰던 모치즈키 도시타카가 소개한 그 지도 말이다. 얼핏 봐서는 무슨 말인지 알 수도 없는 여러 개의 말풍선과 그 안에 빼곡히 적혀 있는 글씨들. 자세히 보지 않으면 해독하기도 좀 난해하다. 다섯 개의 커다란 말풍선 속에는 '대표이사', '베스트 셀러', 'E-MBA' 등의 단어들이 어지러이 적혀 있고, 이를 위성처럼 둘러싼 작은 말풍선에도 중간 목표들이 보인다. 그리고 그 옆에는 날짜까지 표기된 달성 자축 멘트들이 깨알 같다.

14년 전 어느 날, 자신의 소중한 꿈을 생각하며 그가 불쑥 종이 한 장에다가 10년 후의 희망사항을 단어로 적은 다음, 단어 주위에 말풍선을 그린 게 전부다. 그리고는 잘 보이는 곳이 좋을 것 같아 출근 전 아내가 늘 이용하는 경대 거울에 떡하니 붙여 놓았다. 그때는 참 생뚱맞았다. 부장이던 시절에 임원도 아닌 '대표이사'를 쓰고, 책도 잘 안 읽던 때에 책을 내겠다고 하고, 업무로 눈코 뜰 새 없던 상황에서 석사를 꿈꾸었으니…. 강산이 변한 지금 그 보물지도는 보물을 찾게 해주었을까? 모두 다 찾아주지는 못했다. 그러나 대부분을 이미 찾았고, 나머지는 찾기 직전에 와 있다. 보물지도가 제대로 길을 안내한 덕분이다.

신년이 시작된 지 20여 일이 지났다. 혹 마음에만 담아 두고 아직 표현하지 못한 계획이 있다면 보물지도로 만들어 거울 앞에 붙여 놓는 것은 어떨까. 그나저나 보물지도의 주인이 누구인지 궁금하다. 이 사람이다. 오늘 당장 이를 실천에 옮기는 누군가가 바로 인생 보물지도의 주인이 아니겠는가. 未生

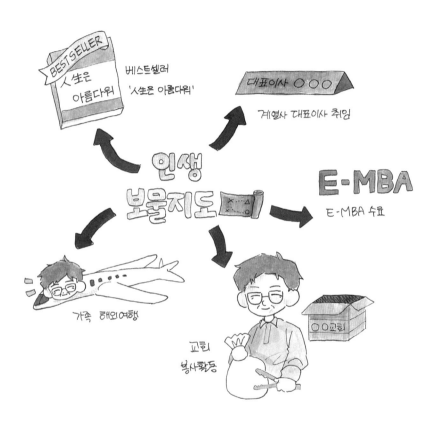

BESTSELLER
人生은 아름다워

베스트셀러
'人生은 아름다워'

대표이사 〇〇〇

계열사 대표이사 취임

인생
보물지도

E-MBA

E-MBA 수료

가족 해외여행

교회
봉사활동

〇〇교회

마음에만 담아 두고 아직 표현하지 못한 계획이 있다면
보물지도로 만들어 거울 앞에 붙여 놓는 것은 어떨까.

기댐 _
존경하는 어른

법 만드는 청소부

[2021. 04. 26]

현 서울시의회 의원인 고병국 후배가 쓴 책 『법 만드는 청소부』가 사무실에 도착했습니다. 정치인이 책을 내면 보통 자신의 인생 역정이나 신념 등을 피력하는 내용으로 채우는 게 일반적인데 이 책은 모든 내용이 열흘 전 국무총리를 그만두신 정세균 총리에 관한 것입니다. 첫 장을 펼쳐보니 알겠네요. 20대에 만나 20년을 넘게 지적에서 모신 어른이 조만간 대권에 도전하게 된 만큼 어떤 식으로든 그분의 진면목을 알리고 싶었음이 여실히 묻어납니다. 고 의원만 그런 게 아니라 저 또한 그렇습니다.

책 내용에서도 그렇지만, 실제로 그분은 모든 사람들을 따뜻하게 품는 온유하고 인자한 성품의 소유자입니다. 작년 코로나 상황에서 당신의 진면목이 그대로 드러납니다. 코로나 위세가 가장 높았던 시기, 그리고 가장 심각한 지역인 대구에 직접 내려가서 현장에서 방역을 진두지휘하겠다는 의사를 대통령께 표한 것입니다. 처음에는 이를 만류하던 대통령도 결국 그의 진심을 받아들이셨고, 그분은 대구에 20여 일간 머물면서 사투를 벌였었지요.

불현듯 그분과의 첫 만남이 생각납니다. 2002년 태풍 루사가 한반도를 관통하며 무주군 무풍면에 큰 피해를 입힌 직후 그룹 회장님의 지시로 제가 그곳을 방문하였습니다. 지금 생각해보니, 그룹 임직원이 모아준 의료품과 식료품을 전달하고 복구작업을 지원하는 일을 전북이 고향인 제게 맡긴 것은 윗분들의 따뜻한 배려였지요. 당시 이 지역의 국회의원이셨던 정 총리께서도 수해 현장을 직접 보시고는 가슴 아파 하시면서 어떻게 복구를 지원해야 할지 고심하던 때였습니다. 때맞춰 지원한 그룹의 구호물품과 자원봉사는 당신에게 적잖은 힘이 되었을 겁니다. 이것이 인연이 되어 그분을 종종 뵐 수 있었지요. 그때 처음 뵈었는데도 이후 어느 곳에서 만나든 저를 금방 알아보시고 반색을 하시는 겁니다. 하루에도 수없이 많은 사람을 만나는 국회의원이 한 번 만난 젊은이를 기억한다는 것이 퍽이나 신기하고 한편으로는 참으로 감사한 마음이었습니다.

그런데 거기에 그치지 않았습니다. 우리 그룹의 고위직 임원을 만나는 기회가 있을 때마다 그분은 항상 제 안부를 물으셨다고 하더라구요. 당시 차장이었던 저를 당연히 잘 알지 못하는 고위 임원들은 이 때문에 제가 누군지 확인하게 되었다는 말도 들렀습니다. 사람에 대한 따뜻한 마음이 없고서야 이러한 배려심이 나올 수가 없는 것이지요. 그 이후에도 늘 제게 따뜻하게 대해 주셨습니다. 2014년 제가 처음으로 책을 내고 북 콘서트를 열었을 때도 만사 제쳐놓고 오셔서 축사를 해주셨습니다. 당신과 제가 닮은 점이 많다고 하셨습니다. 대기업에 입사하여 상무가 된 것도 그렇고, 교회에서 집사의 직분으로 봉사하고 있는 것도 같다고 말씀하셨지요. 그리고는 당신이 정치권으로 영입되면서 상무로 회사를 그만둬 아쉬웠다며 저더러 전무, 부사장, 대표이사까지 하라는 것이었습니다. 그 덕담 덕에 저는 전무, 부사장을 거쳐 현재 계열사 대표이사로 근무하고 있습니다. 저 또한 그분이 정치적으로 더 큰 역할을 맡으시기를 기도했고요. 그분도 국회의장, 국무총리를 거쳐 이제 대권에 도전할 계획이시니 서로의 기도가 응답을 받은 셈이네요.

작년 7월 그분 초청으로 총리공관에 간 적이 있습니다. 참석자들에게 발언 기회가 주어졌는데 그때 제가 드린 말씀의 서두입니다.

"먼저, 개인적인 신상발언부터 드리겠습니다. 저는 현재 대기업의 부사장으로 근무하고 있습니다. 장수 시골 촌놈이 이렇게 대기업의 임원까지 오를 수 있었던 것은 저 개인의 노력도 있지만 주위분들의 격려와 응원 덕분입니다. 특히 총리님의 배려심이 컸습니다. 이제 남은 사장 자리는 제 힘으로 해보겠습니다."

우연이지만 불과 두 달 후 그룹 회장님의 배려로 제 다짐은 현실이 되었습니다. 훌륭한 분이 주위에 많았기 때문에 이 모든 게 가능했다고 생각합니다. 스스로 서는 노력이 필요하지만 기댈 언덕이 있다는 것은 큰 복입니다.

그분에게도 저와 같은 축복이 늘 함께하기를 소망합니다.

혹 아직도 『법 만드는 청소부』를 접하지 못하신 분들이 있다면 일독하시기를 권합니다. 제가 여기서 소개한 내용보다 훨씬 많은 내용이 들어 있으니까요. 사람 사는 세상에 딱 어울리는 '스마일 정세균'이 거기에 있습니다. 정

『밥 만드는 청소부』 일독을 권합니다.
사람 사는 세상에 딱 어울리는
'스마일 정세균'이 거기에 있으니까요.

회자정리

[會者定離]

[2013. 03. 30]

'회자정리(會者定離) 거자필반(去者必反).'

우리는 살면서 많은 만남과 헤어짐을 경험하고 또한 겪고 있습니다. 그러나 일상인 그런 일들이, 어떤 때는 견디기 힘들기도 하지요. 그래서 만해 선생께서는 이렇게 노래했나 봅니다.

"사랑도 사람의 일이라 만날 때에 미리 떠날 것을 염려하고 경계하지 아니한 것은 아니지만, 이별은 뜻밖의 일이 되고 놀란 가슴은 새로운 슬픔에 터집니다."

참으로 제가 존경하고 좋아하는 분이 며칠 전 현직에서 물러나

셨습니다. 대기업에서 사장을 역임하고 환갑을 넘기도록 근무하셨으니 무슨 여한이 있고 아쉬움이 있겠습니까마는 저는 그만 놀란 가슴이 되었습니다. 뜻밖의 일이었으니까요. 아둔한 제 판단력이 상황을 제대로 살피지 못한 탓도 있겠지만 어쩌면 그분을 모시고 더 많은 배움을 얻고 싶은 욕심 때문이었는지도 모르겠습니다.

그분을 만난 지도 15년이 다 되어 갑니다. 그분이 딱 지금 제 직급이었을 때지요. 그 당시 저는 의욕과 패기가 넘치던 차장이었습니다. 당시 담당하던 회사를 하루가 멀다 하고 찾아간 기억이 나네요. 임원에서부터 평사원에 이르기까지 다양하게 임직원을 만나 회사의 주요 현안을 논의하고 의견을 청취하기 위함이었습니다. 그러다가 어느 날 모 회사 기획실 선배님 책상 위에서 M&A 건 단서 하나를 발견하게 되지요. 그 아이디어는 당시 해외법인장으로 근무하시던 그분에게서 나온 것이었습니다. 그래서 인연이 시작된 것이고요. 우여곡절 끝에 그 M&A 건은 성사가 되었습니다만 그 와중에 그분과 커다란 의견 차이가 있었습니다. 인수 원칙에는 차이가 없었지만 방식에 대해서는 각기 다른 판단을 하고 있었던 것이지요. 제가 그분의 방식에 강한 반대의견을 피력하는 바람에 인수 검토 자체가 지연되고 있었습니다. 지금의 제가 그분 입장에 있었다면 아마 직급으로 눌렀을지도 모르겠네요. 그런데 그분은 그러지 않았습니다. 수 차례 메일을 보내 저를 설득하고 급기야 해외 근무지에서 근거자료를 들고 회사로 쳐들어오셨으니까요^^ 그리고는 인수를 검토하시는 분들을 일일이 찾아다니면서 당신의 주장을 뒷받침하는 자료를 보여주셨습니다.

　그런 일이 있은 지 1년쯤 뒤 그분이 제 직속 상사로 오셨습니다. 지은 죄(?)가 있어 좀 당황스러웠죠. 그러나 제게 유독 관대하게 대해 주셨습니다. 자기주장이 강한 저를 소신 있다고 예쁘게 봐주신 것이지요. 그분을 모시고 일하면서 거슬리는 말씀을 드릴 때가 많았지만 내치지 않고 일정 부분 반영하시곤 했습니다. 그분 면전에서 그분과 전혀 다른 생각을 가진 분을 두둔한 적도 여러 번 있었지요. 그때마다 저를 나무라시기는 했지만 제 얘기에 귀를 기울이셨음을 나중에 깨닫게 되었습니다. 일정 부분 제 의견을 수용하신 게 나타났으니까요.

　그분의 따뜻한 배려는 힘든 일을 만날 때마다 제게 큰 힘이 되었습니다. 지금 근무하는 회사로 오게 된 것도 그 일환이지요. 그러나 정작 이 곳에 온 후부터는 제대로 찾아뵙지도 못했습니다. 처음에는 어떤 기득권도 없이, 누구의 도움도 없이 한번 잘해보겠다는 생각에 그리 했지만, 시간이 지나면서는 겸연쩍기도 하고 바쁜 분에게 폐가 될 것 같아서였지요. 그러니 멀어질 수밖에요.

얼마 전부터 그분이 좀 한가해지면서 간혹 연락을 주시기도 하고 안부 인사를 드리는 정도가 되었습니다. 그러면서도 그분이 이렇게 그만두시리라고는 생각도 못했지요. 제가 무심했던 것이지요. 좀 더 자주 연락 드렸어야 하는데 말입니다. 엊그제 전화를 드렸더니 오히려 당신은 괜찮다고 하시더군요. 그리고 남아 있는 저희들이 잘해 나가기를 부탁하시고 또한 진심으로 걱정해 주셨습니다. 물론 이게 끝이 아님을 우리는 알고 있습니다. 그러나 허전한 마음은 어쩔 수 없네요.

그래서 또 만해 선생님은 말씀하십니다.

"우리는 만날 때에 떠날 것을 염려하는 것과 같이 떠날 때에 다시 만날 것을 믿습니다." 🖋

거자필반

[去者必反]

[2014. 12. 28]

'회자정리(會者定離) 거자필반(去者必反).'

작년 3월 30일 백마흔 번째 '미생 이야기'의 서두에 언급한 문구입니다. 존경하던 분을 떠나보내야 하는 아쉬움에 마냥 허전했던 시기였지요. 그리고 이게 끝이 아님을 애써 강변하였습니다. 현실적으로는 가능치도 않은 일이건만 여기서 그냥 놓아드리고 싶지 않은 마음에 만해 선생님의 시를 인용한 것이지요.

"우리는 만날 때에 떠날 것을 염려하는 것과 같이 떠날 때에 다시 만날 것을 믿습니다."

그런데 말입니다. 기적 같은 일이 일어났지요. 말이 씨가 되는 것처럼 글이 씨가 되고, 믿음이 씨가 된 것입니다.

지난 달 7일 오후에 한 통의 전화가 걸려왔습니다. 친한 후배 임원이었지요. 그가 불쑥 묻더군요.

"○사장님께서 컴백하신다는데, 혹 들으셨나요?"

"무슨 그런 유쾌한 농담을…."

"한번 확인해 보세요. 상무님은 아실 것 같아 전화드렸는데…."

전례가 없는 일이라 반신반의했지만 사실로 확인되기까지는 그리 시간이 오래 걸리지 않았습니다. 그것으로 저는 충분히 행복했고 감사했습니다. 제가 속한 회사에서 신나게 제 일을 해나갈 충분한 동기도 생겼고요. 그런데 그게 끝이 아니었습니다.

지금 저는 그분을 모시고 일하고 있습니다. 처음에는 '꿈을 꾸고 있는 것은 아닌가?' 할 정도로 믿기지 않았습니다. 그분을 직속 상사로 모시고 일하게 되다니 말이지요. 그러나 한 달이 다 되어가는 지금 그런 의심은 온데간데없이 유의미하고 즐거운 일상이 이어지고 있습니다. 많은 것을 배우며 깨치고 있기도 하구요. 예전에 모실 때보다 훨씬 더 내공이 강해지신 것 같습니다. 세월은 망각만 주는 것이 아니라 채움을 주나 봅니다.

여기서 우리는 또 한 가지 교훈을 얻어야 할 것 같네요. 만나면 헤어지듯 헤어지면 언젠가는 다시 만나게 된다는 것을 말입니다.

그러니 가능한 이해관계 따지지 말고 우리 이웃들에게 진심으로 대하고 잘해줘야 한다는 것을…. 店

인지이다행

[人知而多幸]

[2012. 09. 20]

　'다른 사람이 나를 알아주지 않아도 화를 내지 않으면[人不知而不
慍] 군자(君子)'라는 말이 『논어』에 나옵니다. '사람들이 얼마나 남을
인정하려 들지 않았으면 이런 말이 나왔을까?'라는 생각이 드네요.
그럴진대 자기를 믿어주는 사람을 만난다면 얼마나 행운이겠습니
까? 굳이 저 나름의 한자 성어를 만들어 보면 '인지이다행(人知而多
幸)'이 아닐까 합니다^^ 사소한 잘못이 있더라도 일을 잘하기 위한
과정이라고 이해해주고 힘을 실어주는 상사가 있다면 그 부하는
정말 자신 있게 매사를 처리할 수 있을 것 같습니다. 누구에게나
이런 분들이 한둘은 있겠지요. 다행히도 제겐 그런 분이 많습니다.

저뿐 아니라 두 아들, 그리고 제가 속한 회사의 일까지 염려해주시는 은사님도 계시고, 입사 때부터 지금까지 직장생활 내내 제 멘토 역할을 해주신 상사도 있고, 팥으로 메주를 쑨다고 해도 믿어주는 동지도 있으며, 그 외에도 저를 무조건 믿어주고 인정해주는 지인이 여럿 있습니다.

지난 주말에는 이러한 분들 중 한 분인 서문용채 선배님을 모시고 멀리 속초에 다녀왔습니다. 그분은 전용 기사가 있지만 주말에는 손수 운전하실 정도로 배려심이 많은 분이지요. 그분과 함께하면 늘 마음이 편안해집니다. 없는 장점도 어떻게든 찾아내어 칭찬해주시는 맑은 영혼을 가지신 분이시니까요.

선배님을 만난 지는 8년 정도 되었습니다. 그분이 정부기관에 근무하실 때였지요. 모임에서 우연히 만났습니다. 그런데 처음 만날 때부터 유독 제게 호감을 표하셨고, 이후로도 모임이 있을 때면 항상 저를 가까이 불러 앉히시는 등 호의를 베푸셨습니다. 거기에 그치지 않고, 그분은 많은 사람들 앞에서 제가 나중에 크게 될 사람이라고 추켜세워주시기까지 했습니다. 얼토당토않은 얘기지만 기분은 참 좋았습니다. 그냥 입에 발린 말이 아니라 진심과 간절한 소망이 담긴 말씀이었으니까요. 자기를 좋아해주는 사람을 존경하고 따르는 것은 당연한 일이라 제가 어느새 그리 되었습니다.

4년 전 제가 금융회사로 옮겨 왔을 때, 공교롭게도 그분은 금융회사 감독기관의 요직에 계셨습니다. 제 담당업무가 감독기관과는 전혀 무관한 것이어서 그분과 업무로 얽힐 일은 없었지만 혹 개인적 고충 사항으로 연락을 드리면 아주 자상하게 응대해주셨고, 경우에 따라서는 고충 해결에 도움이 될만한 적임자를 소개해주시기도 했습니다. 저라면 그렇게까지는 할 수 없을 것이라는 생각이 들 정도로 말이지요. 그분은 자신의 모임에도 저를 곧잘 불렀습니다. 모임 구성원 중 제가 알고 지내면 좋겠다고 판단되는 분이 있으면 저를 아주 멋있는 사람으로 소개하며 부르는 것이지요.

　작년 초에 모 카드회사 상근감사위원으로 옮기셨는데 거기에서도 저를 어떻게 도울 수 있을지 항상 고민하며 애를 쓰고 계십니다. 영업에 도움이 될만한 분을 소개시켜 주려고 할 뿐 아니라 당신이 속한 회사에서도 제게 도움이 될만한 일을 찾고 계시지요. 제게 무엇을 바라는 것도 아니면서 그분이 왜 이리 적극적이고 헌신적인지 모르겠습니다. 그냥 좋아하는 후배를 위해서 하는 일이라고 합니다만 감사하고 면목 없습니다. 이제는 제가 누군가에게 그런 사람이 되고 싶습니다. 그게 가능할까요? 未生

사람은 무엇으로 사는가?

[2014. 03. 23]

'사람은 무엇으로 사는가?'

지식으로 사는 사람도 있고, 돈으로 사는 사람도 있고, 혹은 힘으로 사는 사람도 있습니다. 다른 것으로 살기도 하지요. 어떤 사람은 기쁨으로 살고, 또 다른 사람은 걱정으로 살기도 합니다. 남을 배려하는 것으로 살기도 하지만, 남을 괴롭힘으로 사는 경우도 있지요. 사람마다 답은 각자 다를 수 있습니다.

톨스토이는 말합니다.

"모든 인간이 살아가는 것은 각각 자신의 일을 염려하기 때문이 아니라 그들

가운데 사랑이 있었기 때문입니다. 사람이 각각 자신의 일을 걱정하고 노력함으로써 살아갈 수 있다고 생각하는 것은 인간이 그렇게 생각할 뿐, 사실은 오직 사랑에 의해서만 살아가는 것입니다."

혼자 모든 일을 헤쳐나갈 수 있다는 오만한 생각을 한 적이 있었지요. 그런데 나이가 들수록, 일을 해결할만한 힘이 더 생길수록, 그것이 어렵다는 것을 실감하곤 합니다. 세상엔 자신보다 훨씬 더 능력이 뛰어나고 강한 사람이 있다는 것을 깨닫게 되기 때문이지요. 때론 거대한 세력과 마주치기도 합니다. 그럴 때마다 움찔 합니다. 그러나 그 세력이라는 것도 영원하거나 절대적이지는 않지요. 눈에 보이진 않지만 세상을 이끄는 힘은 따로 있는 것 같습니다.

돌아가는 상황이 영 마음에 차지 않고 일이 꼬여 가는 것 같아 평소 좋아하던 선배님께 문자를 드렸습니다. 지난 목요일 오후에 있었던 일입니다.

"사장님, 사무실로 찾아뵐까 하는데 오늘 오후 어떠신지요?"

문자를 보내자마자 답이 왔습니다. 4시 이후가 좋을 것 같다고요. 바쁘신데도 빠른 답을 주시고 시간을 흔쾌히 내주시는 것이 우선 감사했습니다. 매출 10조가 넘는 회사를 이끌고 있는 사장님이신지라 시간대별로 일정이 잡혀있다고 둘러대도 딱히 서운해할 일은 아니지요. 더군다나 당일 이렇게 들이대듯 찾아 뵙겠다고 메시지를 보낸 것이 정상은 아닐 것입니다. 호기심을 자극한 때문인지, 평소 그분의 인품 때문인지는 몰라도 정확히 오후 4시에 사무실에서 그분을 뵈었습니다. 대표이사로 취임하신 지 만 3년이 지났는데 그분의 사무실을 찾은 것은 이번이 처음입니다.

한 시간이 넘게 많은 이야기를 나누었습니다. 과거의 기억을 더듬어 오래 전의 일들도 떠올리고, 요즘 돌아가는 세상 이야기도 하였지요. 그리고 앞으로 제 자신이 어떻게 해나가야 하는지에 대해서 조언도 들었습니다. 그러나 정작 제가 가져간 문제에 대해서는 만족할만한 답을 얻진 못했습니다. 애당초 쉬운 문제는 아니었으니까요. 공연히 부담을 드린 것 같아 죄송하였지만 문제를 상의하러 온 것만으로도 그분은 고마워했습니다. 그리고는 제게 말씀하셨습니다.

"너무 걱정하지 마라. 하지만 적당히 타협해서 문제를 봉합하는 것은 옳지 않다."

그러면서 지금 당장의 이익을 위해서 미래를 희생시키지 말라는 당부를 덧붙였습니다. 떠난 자리가 아름다운 사람이 되라는 말씀이었지요. 그 동안 굴곡진 삶을 살아왔지만 원칙을 지킴으로써 이를 다 헤지고 나온 분의 말씀이라 딱히 반론을 펼 수가 없었습니다. 어떻게 살아야 하는지를 생각게 하는 시간이었습니다.

지금 일을 걱정한다고 해결될 일도 아니고 노력하는 것만으로 의도대로 이루어지지는 않을 것 같습니다. 대신 진정으로 모두를 사랑하고 포용하는 것이 해결책일 수 있습니다. 그러나 그분을 통해 분명해진 사실 하나가 있습니다. 적당한 타협을 사랑이나 포용으로 포장해서는 안 된다는 것이지요. 오히려 조만간 선한 영향력이 발동하여 모든 일이 바로잡힐 것이라는 강한 믿음을 가지고 참고 견뎌보는 것이 어떨까 합니다. 逞

퇴임 후
봉사활동 준비

[2013. 07. 07]

　요즘 어깨 통증 때문에 회사 근처 병원에서 물리치료를 받고 있습니다. 나이가 오십 줄에 들어서면서부터 몸에 하나둘 이상이 생기기 시작하더군요. 작년엔 무릎 관절이 아파서 결국 수술을 하기에 이르렀습니다. 이제 무릎이 좀 웬만하다 싶으니 서너 달 전부터 왼쪽 어깨가 심하게 아파오더군요. 잠을 잘못 잤나 싶어 며칠 기다렸는데 통증이 가라앉기는커녕 오히려 더 심해지는 것입니다. 병원을 찾아 정밀검사를 하니 유착성관절낭염이라고 하네요. 우리가 흔히 얘기하는 오십견이지요. 다행히도 정도가 심한 편은 아니어서 수술까지 가지는 않을 것 같습니다.

며칠 전 모임이 있어 참석했다가 이런 사정을 얘기했더니 동석자 한 분이 즉시 반응을 보입니다. 식사 후에 바로 조치해 주겠다는 겁니다. 회사 일만 천직으로 알고 해오신 분이 무슨 재주가 있어 병원에서도 쉬 고치지 못하는 통증을 완화시켜줄 수 있을까 하면서 코웃음을 쳤지요. 그분은 개인적으로는 대학 선배이기도 하고 달포 전까지만 해도 그룹에서 임원으로 함께 근무하시어 누구보다 제가 잘 알기 때문에 그렇게 생각한 것입니다.

식사 후 자리를 옮겨서 차 한잔 마시고 나자 그분이 본격적으로 제 어깨를 주무르기 시작합니다. 처음엔 그냥 눈대중으로 배운 것을 재미 삼아 해보는 게 아닌가 했는데 시간이 지날수록 전문가 냄새가 나기 시작하더군요. 근 30분 넘게 정성 들여 수기요법을 해주셨습니다. 제대로 젖혀지지 않던 어깨가 좀더 회전 반경을 넓히게 되었고 통증도 완화되는 느낌이었습니다.

언제 그런 기술을 배웠냐고 물었더니 올 3월에 시작했다는 것입니다. 배운 목적이 참 좋아 보였지요. 의료봉사활동을 통한 선교를 위해서라고 합니다. 약 12주에 걸친 교육을 마치고 벌써 여러 곳에서 봉사활동을 했다고 하네요. 탈북자들을 위한 선교를 위해 국내에서도 몇 차례 실습을 한 바 있고, 최근 멀리 일본까지 원정을 다녀왔다고 하니까요. 괜히 임상시험 대상이 되는 게 아닌가 하는 우려는 그냥 기우에 지나지 않았습니다.

업무에 정통하고 부하직원들의 신망이 높았던 분이기에 그분이 회사를 그만두게 되었다는 얘기를 전해 들었을 때는 솔직히 믿기지 않았습니다. 임원이라는 자리가 단지 업무능력이나 업적, 그리고 주위 평판으로만 유지되는 것이 아님을 누구보다 잘 알고 있는 저로서도 상당히 의아스럽고 한편으로는 안타까운 일이었기 때문이지요.

퇴임 소식을 듣고 한 달 전쯤 위로 겸 점심식사로 모셨습니다. 회사에 대한 원망보다는 남은 사람들을 생각하고 회사의 장래를 걱정하시더군요. 본인의 미래에 대한 불안이나 우려는 전혀 내비치시지도 않으셨습니다. 다만 그 와중에도 향후 선교사업을 위해 남겨둔 부동산을 어떻게 해야 할지에 대해 가족들이 진지하게 고민하고 있다는 말씀이 인상적이었지요. 본인이 막막한 처지에 놓이게 되었음에도 우리 사회를 위한 관심과 배려의 끈을 여전히 놓지 않고 있음을 읽을 수 있었습니다.

올 3월은 그분이 회사를 그만두게 될 줄 전혀 생각하지 못한 때입니다. 그런데 남을 위한 생각으로 12주에 걸친 수기요법 교육을 선뜻 결심하고 시작했다니 정말 대단하다는 생각이 드네요. 직장인 대부분이 언젠가는 은퇴한다고는 알고 있지만 당장 올해는 아니라는 생각 때문에 은퇴 이후를 준비하지 않는 경우가 많습니다. 그냥 미루는 것이지요. 그리고 '그때 가면 어찌 되겠지'라는 막연한 생각으로 살아가기가 쉽습니다. 그런데 이렇게 무언가를 차곡차곡 준비해 오신 분도 있는 것이지요. 이 분들은 어려운 상황을 풀어가는 모습도 달라 보입니다. 여유로움이 묻어 나지요. 더욱이 남을 위해 무언가 베풀겠다는 생각을 가지고 준비하신 분들은 더욱 그렇습니다.

　왼쪽 어깨가 며칠 전보다 훨씬 뒤로 더 젖혀진다는 아내의 말을 들으면서 이 모든 것이 병원의 물리치료도, 본인의 꾸준한 스트레칭도 아닌, 바로 그분의 30분 정성 마사지 덕분이 아닐까 하는 생각이 갑자기 드네요^^

윤동주와
팔복

[전북일보 미생 칼럼, 2021. 03. 25]

　최근 램지어 하바드대 로스쿨 교수의 논문이 우리나라뿐만 아니라 국제적으로 핫이슈가 되고 있다. 선택적 사료 활용과 존재하지도 않는 자료를 근거로 일제강점기에 강제동원된 일본군 위안부를 '자발적 매춘부'로 몰아가는 일이 벌어진 것이다. '학문과 표현의 자유'라는 미명 하에 반인권적인 역사인식을 고스란히 쏟아낼 수 있었던 배경에 전 세계적으로 막강한 영향력을 과시하고 있는 일본 정부와 기업이 있다고 해도 무리한 추리는 아닐 것 같다. 일본의 행태를 더 이상 지켜볼 수만 없으셨는지 일세 강점기 위안부 피해자 중 한 분인 이용수 할머니가 국제사법재판소에 가서 판결을 받아보자고 강하게 주장하셨다고 한다. 만일 국제사법재판소에 제소한다면 무슨 법을 적용하게 될 것인가와 어떤 전략을 취하는 것이 좋을지에 대해 어제 모 대학원 강의에서 발표할 기회가 있었는데, 끓어오르는 분노에 비해, 할 수 있는 대응 방안이 제한적이어서 더 속이 상했다.

일본만 문제가 아니다. 요즘 일부 중국 네티즌들의 행태가 참으로 점입가경을 지나 목불인견의 지경에까지 와 있다. 김치가 자기네 것이라고 한동안 주장하더니, 작년에는 자기네 전통 의상인 치파오로는 안 되겠는지 우리 한복이 중국옷을 베낀 것이라고 난리였다. 그런데 급기야 올해 들어서는 민족시인 윤동주마저 중국사람이라고 우기고 나선 것이다. 지난 달 서경덕 성신여대 교수가 일과의 시작을 중국 네티즌이 보낸 메일, DM, 댓글들을 지우는 것으로 시작한다며 캡처 사진 한 장을 공개했다. '백주 대낮 윤동주 강탈 사건'이라고 제목을 붙일 만한 일이었다. 이 소식에 대다수 국민들은 실소를 넘어 강한 분노를 느끼고 있다. 우리는 이웃나라 복이 지지리도 없다는 생각이 든 건 필자 혼자만은 아닐 것이다.

일제와 맞서 저항하기 위해 만주 북간도로 건너간 부모에게서 태어난 자녀들이 죄다 중국인이라고 막무가내로 주장하는 네티즌들이 그들 선조와 마주한다면 과연 무슨 얘기를 들을까? 암울했던 일제강점기에 한국인과 더불어 그곳 명동촌에서 힘들게 견뎌냈던 중국인 조상들이라면 어리석은 그들 네티즌들에게 냅다 혼구녕부터 낼 일이다. 윤동주 시인과 중학 동기였고 연세대 동문이기도 했던 김형석 교수께서 여전히 정정하시다는 것이 그래서 더 고맙게 느껴지는 요즘이다. 살아 있는 역사이고 증인이시니 말이다.

이웃 복과 김형석 교수님을 얘기하다 보니 지난 칼럼에 언급했던 팔복이 떠오른다. 그런데 정말 우연인지는 몰라도 윤동주 시인이 쓴 〈팔복〉이라는 시가 있다. 중학교 시절부터 하루에 몇 편씩 시를 써서 다작이던 그분이 1939년 9월 이후 14개월이나 절필하던 와중에 1940년 12월에 쓴 시가 바로 〈팔복〉이다. 그 내용은 '슬퍼하는 자는 복이 있나니'를 여덟 번 단순 반복한 끝에 '저희가 영원히 슬플 것이요'로 맺는다. 그의 육필 원고를 보니 마지막 문장은 '저희가 슬플 것이요'라고 썼다가 지우고, 다시 성경 구절처럼 '저희가 위로함을 받을 것이요'로 바꿔 썼다가 또 다시 두 줄로 그어 새로 쓴 흔적이 고스란히 남아 있다.

왜 '슬퍼하는 자는 복이 있나니'를 여덟 번이나 반복했을까? 그리고 마지막 문장은 또 왜 그리 썼을까? 시를 한참 읊다보니 문득 나만의 답이 떠오른다. 그래, 우리의 처지를, 그때와 작금의 안타까운 상황을 슬퍼하는 것으로부터 시작하자. 여덟 번, 아니 여덟 번의 여덟 번이라도. 그러나 그러고만 있으면 아무 의미가 없다. 그냥 영원히 슬플 일만 남을 것이다. 그러니 이를 악물고 이겨낼 힘을 길러야 하지 않겠는가? 우리의 주어진 길을 묵묵히 걸어가야 하지 않겠는가? 그래야 팔복이 올 것이요, 영원히 행복하게 될 것이다.

秋

아,
2월 14일

[전북일보 미생 칼럼, 2019. 02. 14]

'어느 여름날 오스트리아 황태자가 식민지 보스니아의 수도 사라예보를 방문했을 때, 세르비아의 이름 없는 한 청년이 슬라브의 이름으로 게르만 지배자를 총으로 저격했다.'

정치인에서 소설가로 변신한 신영 작가의 첫 장편소설 『두브로브니크에서 만난 사람』에 나오는 한 대목이다. 익히 알다시피 1차 세계대전의 도화선이 된 사건이다. 필자는 여기서 불현듯 기시감을 느꼈다. 바로 이거다.

'어느 가을 날 일본의 추밀원 의장 이토가 러시아 재무상 코코프체프를 만나러 만주 하얼빈을 방문했을 때, 대한의군 참모중장인 안중근이 대한의 이름으로 침략의 원흉 이토 히로부미를 총으로 저격했다.'

그냥 데자뷰가 아니라 실재하는 역사적 사실이다. 교통도 통신도 발달하지 않은 그 시기에 아시아 동쪽 끄트머리에서 보여준 한 열혈청년의 기개가 바람에 실려가기라도 하듯 발칸반도를 추동한 것이리라. 게르만 지배자의 저격사건이 있기 5년전인 1909년, 사라예보로부터 7,815킬로미터나 떨어진 아시아에서 똑같은 일이 이미 있었기에 하는 말이다.

올해는 2·8독립선언, 3·1운동, 임시정부수립 100주년을 맞아 나라 전체가 각종 기념행사 준비로 분주하다. 온 국민이 마음에 새기고 기억하자는 의미에서 매스컴에서도 대대적인 캠페인을 벌이고 있다. 온 백성이 한마음으로 독립만세 운동을 벌이고, 이국 땅에서 임시정부를 수립하고, 독립된 조국을 이끌어 갈 인재를 양성하기 위해 학교를 세우는 일들이 1919년 전후에 주로 이루어졌는데 우연이 아닌 것 같다. 이 일련의 일들이 어찌 보면 애국지사 안중근으로부터 시작된 것은 아니었을까?

안중근 하면 흔히 연상되는 단어가 하얼빈이나 이토 히로부미이지만 필자에게는 언제부턴가 조마리아 여사다. 두 모자를 '그 어머니에 그 아들'이라고 당시 《아사히신문》에서 언급했을 정도로 그녀는 당차고 의기로운 여장부였다. 1910년 2월 사형 선고를 받은 장남 안중근을 면회 가는 두 아들에게 어머니는 이렇게 전한다.

"너의 죽음은 너 한 사람의 것이 아니라 조선인 전체의 공분을 짊어지고 있는 것이다. 네가 항소를 한다면 그것은 일제에게 목숨을 구걸하는 짓이다. 네가 나라를 위하여 이에 이른즉 딴 맘 먹지 말고 죽으라."

전해 듣는 아들의 심정도 어머니 못지 않게 비통했겠지만 안중근은 어머니의 뜻을 받들어 의연히 죽기로 결심하고 항소를 포기했고, 사형 선고된 지 40여 일만에 뤼순 감옥에서 순국한다.

아, 2월 14일! 오늘이 바로 일제가 안중근 의사에게 사형을 선고한 날이다. 그런데 정작 요즘 대다수가 기억하는 2월 14일은, 사형을 선고하고 집행한 그 일제의 어느 제과업체가 상술의 일환으로 만든 국적 불명의 발렌타인 데이가 아닌가? 오늘 초콜릿을 먹든, 사랑을 고백하든, 이를 탓할 일은 아니다. 다만 조마리아 여사가 끝내 전하지 못했을 말이 지금 이 순간 필자의 귓전에 맴돈다.

"사랑하는 아들아, 너의 사형선고 소식이 내겐 피를 토하는 고통이다. 허나 대한의 만백성이 세세토록 이 날을 기억하리니, 너나 나나 너무 원통해 말자 꾸나." 落

사랑하는아들아,
_____
_____
_____

너의 죽음은
너 한 사람의 것이 아니라
조선인 전체의 공분을
짊어지고 있는 것이다.
_____

어머니 조 마리아 씀

"네가 항소를 한다면
그것은 일제에게 목숨을 구걸하는 짓이다.
네가 나라를 위하여
이에 이른 즉 딴 맘 먹지 말고 죽으라."

설렘 _
세상과 활짝 만나는 지점

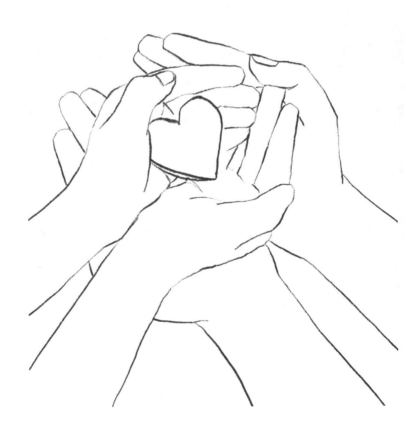

이스탄불, 동로마제국

[2022. 08. 23]

지금으로부터 정확히 40년 전, 교양과목으로 세계문화사를 수강했었습니다. 어느 날 담당 교수께서 수강생들에게 3인이 1조를 이루어 원하는 주제를 임의로 선정하여 발표하라고 말씀하시더군요. 우리 조는 저의 강력한 주장으로 비잔틴제국에 대해 발표하는 것으로 정했습니다. 아시아와 유럽의 문화가 만나는 지점인 콘스탄티노플이란 도시에 관심이 있었던 제가 이곳을 좀 더 연구해보고 싶은 생각이 작동한 때문입니다.

콘스탄티노플의 옛이름은 비잔틴입니다. 아무튼 강하게 주장하는 사람이 자료 준비를 하는 게 일반적이므로 다른 두 친구는 별

이견이 없었습니다. 당시 발표를 아주 잘해서 최고 학점을 받은 기억이 납니다.

비잔틴제국을 간략히 소개하면 이렇습니다. 로마제국이 395년에 동서로 나뉘고, 476년 서로마제국이 멸망하면서 동로마제국만 남게 됩니다. 동로마제국은 수도 콘스탄티노플의 옛이름인 비잔틴을 따서 비잔틴제국으로 불리게 된 것이지요.

때 아닌 비잔틴제국 얘기를 왜 하냐고요? 실은 제가 오늘 그 비잔틴제국의 수도였던 콘스탄티노플, 현재 지명으로는 이스탄불에 갔다 왔거든요. 물론 아침에 잠시 들른 것이고 저녁 현재는 바쿠에 있습니다.

그런데 어떻게 이스탄불에 갔는지 아십니까? 아제르바이잔에 출장을 가야하는데 직항이 없어 이스탄불을 경유하게 된 것이지요. 환승 시간을 보았더니 거의 5시간이나 남습니다. 이 자투리 시간을 그냥 공항에서 죽치고 앉아 있을 수는 없었지요. 그래서 터키의 출입국 절차를 꼼꼼히 따져보니 두세 시간 이스탄불 시내를 구경해도 문제가 생길 소지는 전혀 없습니다. 그래서 강행한 것입니다. 가장 안전한 방법으로 가이드가 딸린 차를 렌트하여 3시간 동안 이스탄불 주요 관광코스를 돌아본 것이지요.

맨 먼저 찾은 곳은 과거의 영광이 살아 숨 쉬는 이야소피아 성당, 술탄 아흐메트 모스크, 톱카프 궁전이었습니다. 이른 아침이라 개

방이 안 되어 멀찍이서 사진만 찍었지요. 짧은 시간이었지만, 천년을 유지한 비잔틴제국의 수도가 갖는 영광을 고스란히 느낄 수 있었습니다. 아쉬운 마음에 한두 군데 발걸음을 더했지요. 갈라타워 전망대 역시 오픈 시간 전이라 입장도 안 될 뿐더러 규모도 생각보다 아주 작았습니다. 가이드가 추천한 마지막 코스로 피에롯티 언덕에 올랐습니다. 시내가 훤히 보이는 탁 트인 곳이라 좋았습니다. 시원하게 부는 바람도 좋았고 차를 마시면서 가이드와 한가히 얘기도 나눌 수 있어서 인상에 많이 남네요. 이렇게 보내고도 공항에 도착하여 또 다시 한 시간을 기다리어 오늘의 최종 목적지인 바쿠에 도착했습니다.

1982년 세계문화사 수업시간 발표 이후로 이스탄불에 꼭 한 번 들르고 싶어서 그동안 시도는 여러 번 했습니다. 그런데 이런저런 사유로 그 꿈을 이루지 못했었지요. 오늘 순간적인 최선의 선택으로 이렇게 이스탄불을 수박 겉핥기 식이지만 직접 볼 수 있어서 얼마나 뿌듯한 지 모르겠습니다. 40년을 기다려 온 작은 소망이 순간의 결단으로 이루어졌으니까요. 혹시 여러분도 이런 경우가 생긴다면 적극적인 시도를 권합니다. 환승 자투리 시간 활용법이라고나 할까요? 美

우연히 만난
외국인

[2014. 05. 17]

　인연은 우연히 온다고들 합니다. 맞는 말이지요. 아무리 의도를 가지고 인연을 만들려 해도 뜻대로 되지 않는 경우가 참 많으니까요. 그렇다고 모든 인연이 우연인 것은 아닙니다. 일정 부분 만들어 가는 면도 있으니까요. 그러고 보면 인연이란 우연히 다가온 기회를 의도를 가지고 잘 만들어 가는 것일 수도 있고, 의도하여 만든 기회에 우연이라는 행운이 더해진 것일 수도 있습니다. 어제 만난 어느 외국인이 그 하나의 예가 되지 않을까 합니다.

　주요 거래선 중에 외식업중앙회가 있습니다. 재작년 하반기부터 본격적으로 거래를 시작한 단체이지요. 전국에 걸쳐 43만여 음식

점, 외식업체를 회원으로 둔 거대 조직입니다. 이 단체는 매년 이맘때쯤 정기총회를 하지요. 그때마다 주요 관계자를 초청합니다. 이번에는 식약처장, 국회의원 네 분, 그리고 관계사 대표 네 분이 초청되었고 저도 그 중 한 명이었습니다. 중앙회 영업 우수직원에 대한 감사장을 전달하는 역할까지 부여받아 영광스러운 자리였지요. 행사를 마치고 점심식사를 하는 자리로 옮길 때였습니다. 대부분의 내빈이 식사자리에 오지 않았는데 외국인 한 분이 자리로 들어오는 것이 보였지요. 부리나케 따라가서 그분 바로 옆에 앉았습니다. 식전에 그분과 통성명을 하지 못한 터라 인사도 나눌 겸 말벗이라도 해줘야겠다는 생각이 있었던 것이지요. 유일한 외국인인데 그냥 멀뚱히 밥만 먹게 하고 싶지 않았기 때문입니다.

말이 통하자 그분도 좋아하는 것 같습니다. 명함을 제게 내밀더군요. 네슬레프로페셔널 대표 '브루너 졸러'라고 쓰여 있습니다. 네슬레 하면 커피가 떠오르지요. 그래서 음료전문회사 아니냐고 문자, 정색을 하며 음료보다는 음식 비즈니스가 더 크다고 얘기해 주네요. 저를 간단히 소개하고 보험에 대한 얘기를 하다가 스위스 이야기가 나왔습니다. 갑자기 과거 융프라우에서의 에피소드가 떠올라 그 얘기를 해줬더니 너무나 좋아하더군요. 아무튼 그 이야기가 시발점이 되어 프라이버시를 중요시한다는 서양인으로부터 아들은 스페인에, 딸은 영국에 유학 중이고, 아내와 이곳 한국에서 3년 넘게 살고 있다는 얘기까지 듣게 되었지요. 물론 한국에 오기 전에 사우디, 말레이시아. 싱가포르 등에서 근무한 이야기까지 말입니다.

그분 옆자리에 앉은 것은 자의였지만 자연스런 분위기로 이끈 것은 우연히 꺼낸 융프라우 에피소드였습니다. 솔직히 오늘에서야 네슬레가 스위스 기업이라는 걸 알았지, 그를 만날 당시에는 네슬레에 대해 아는 바가 전혀 없었습니다. 커피를 못하는 것도 하나의 이유이지요. 당연히 네슬레가 어느 나라 회사인지는 관심도 없었구요. 그런데 그 많고 많은 나라 중에 어떻게 콕 찍어 스위스 이야기를 꺼냈는지 모르겠습니다. 참 대단한 우연 아니겠습니까? 그분이 몸 담고 있는 회사의 본사이기도 하고, 더군다나 그분 출생지이기도 한 스위스의 이야기로 대화를 시작했으니 마음 편하고 친밀감을 느끼기에 충분했을 거라는 생각이 듭니다.

얘기를 나누면서 알게 된 것이지만 그분이 이번 행사에 오게 된 것은 총회에 참석한 모든 분들에게 커피 등 각종 음료수를 무료로 제공하기 위해서라고 합니다. 그러고 보니 아예 행사장 밖에 음료수 코너를 만들어 놓았더군요. 여러 가지 경제적 어려움을 겪고 있는 중소 상인들에게 따뜻한 커피 한잔, 시원한 주스 한잔을 대접하고픈 마음으로 보였습니다. 작은 나눔을 실천하고 있는 것이지요.

만나서 반가웠고 조만간 그분의 사무실을 방문하고 싶다는 문자를 그날 저녁 보냈더니 답이 왔습니다. 다음 주에 일정을 사전에 맞추어 봤으면 좋겠다고 말이지요. 그분이 언뜻 자랑했던 각종 식음료 전시품을 맛볼 좋은 기회가 될 듯합니다. 그리고 거기에 더해 그 기업의 나눔 문화를 자세히 엿볼 수 있는 기회가 될 것도 같습니다. 地

군대 후배 아들의
돌잔치

[2012. 04. 16]

　돌잔치 얘기만 나오면, 두 아들이 성년이 된 지금도 아내는 아쉬움을 토로합니다. 20여 년 전 그때도 대부분의 부모가 집, 식당 또는 연회장을 잡아서 돌잔치를 해주곤 했지만, 이런저런 이유로 저희는 한 번도 하지를 못했거든요. 그러면서도 친구나 지인들 자녀의 돌잔치에는 반 돈 또는 한 돈짜리 돌반지를 사들고는 열심히 쫓아다녔습니다. 이제는 그럴 일이 거의 없지만요.

　열흘 전쯤, 페북을 통해서 후배의 늦둥이 아들 돌잔치에 초대를 받았습니다. 가끔 회사 소식란에 직원들 자녀 돌산치 소식이 뜨지만 정말 특별한 경우가 아니면 가지 않았습니다. 제 나름의 경조사에 대한 기준 때문에 회사 직원들의 자녀 돌잔치에는 안 가지만 이번 초대만큼은 어떻게든 참석해야겠다는 생각을 했습니다.

이 후배는 제가 군대에 있을 때 같은 부대에서 함께 근무한 인연이 있습니다. 유독 저를 잘 따랐던 친구이지요. 군 제대 후에도 잊을 만하면 연락이 되어서 한번씩 만났었고, 페북 덕분에 요즘은 SNS상에서 자주 근황을 서로 접하고 있는, 전북대병원 임상시험센터 박우형 팀장입니다. 돌잔치 초대도 이런 저간의 사정을 고려할 때 당연한 것이고요. 올해 마흔일곱이니까 늦은 나이에 둘째를 얻은 것이지요. 큰아이가 초등학교 5학년이니 첫 아이 낳고 10년만에 둘째를 보게 된 셈입니다. 다른 사람에 비하면 첫 아이도 늦은 편인데 둘째를 낳기로 결정한 것은 정말 대단한 용기가 아닐 수 없습니다. 둘째는 그 집안에 경사이기도 하지만 날로 출산율이 떨어지는 우리나라의 입장에서도 환영하고 축복해 줄 일입니다.

당일인 4월 6일에는 아침부터 숨 돌릴 틈 없이 바쁜 일정을 보낸 탓에 잔치가 거의 끝날 무렵인 8시 10분쯤 잔치가 열린 대학로에 도착할 수 있었습니다. 손자를 볼 법한 나이에 아들 돌잔치를 하는 후배가 안쓰러워서인지, 아니면 평소에 쌓은 덕이 많아서인지 연회장은 여전히 하객들로 빼곡히 채워져 있더군요. 늦은 엄마를 상상했는데 아이와 늘 함께해서 그런지는 몰라도 보통 엄마처럼 젊은 엄마였습니다. 아이가 장성할 때까지 충분히 뒷바라지 할 수 있겠다는 생각에 안심이 되더군요.

막 도착해서 후배에게 축하 인사를 건네고 있는데 바로 제 뒤에 회사 여직원이 들어오는 것이 보였습니다. 참, 세상 좁네요. 서로들 여기 웬일이냐고 물어보았더니 오늘 잔치의 주인공과 그 여직원 첫 아이가 같은 조산원에 있었답니다. 소위 조산원 동기인 것이지요. 두 아이들의 엄마가 조산원에서 만나 서로 친구가 되고 이렇게 1년이 지난 후에도 연락이 닿고 있는 것이지요. 대단한 우정이라고 생각했습니다. 그리고 너무 좋아 보였고요.

늦은 저녁을 하며 잠시 후배와 얘기를 나눈 후 일어서려는데 선물을 쥐어 줍니다. 뭐냐고 물어보니 소금이라고 합니다. 대개 돌잔치 선물로는 떡이나 컵이 많지요. 소금은 좀 생경합니다만 이해가 갑니다. 대리운전기사 분에게 자초지종을 설명하며 그 선물을 건네자 무척 좋아합니다.

이 선물은 돌을 맞는 아이가 건강하고 바르게 자라서 세상의 '빛과 소금' 역할을 감당하라는 뜻으로 받아들이고 싶습니다. 그리고 그렇게 되기를 이 시간 간절히 소망합니다. 株

궁금하면
물어보세요

[2022. 07. 18]

아침 일찍 운동하는 게 습관이 되어 6시 30분 언저리에 피트니스센터 프런트에 도착합니다. 그런데 언제부터인지 프런트에서 옷장 열쇠를 내주는 여직원이 누구일지 신경이 쓰입니다. 오늘은 제발 그녀가 아니어야 할 텐데…. 똑똑하고 예쁘장하게 생긴 그녀지만 키를 줄 때마다 그 번호를 보고 저는 실망합니다. '많고 많은 번호 중에 왜 하필 그녀는 내게 6의 배수가 되는 번호만을 줄까?' 귀신이 곡할 노릇이네요. 다른 여직원이 줄 때는 대충 제가 원하는 번호 비슷한 것을 주는데, 유독 그녀는 한 치의 오차도 없이 제가 받지 않았으면 하는 번호만 줍니다.

실은 옷장과 신발장 열쇠를 같이 쓰는데, 신발장은 위아래로 여섯 줄로 되어 있습니다. 따라서 6의 배수 신발장은 맨 밑에 있는지라 주저앉아서 신발을 넣어야 할 정도로 불편한 곳에 위치해 있습니다. 작년부터 여기저기 관절이 좋지 않아서 쭈그려 앉거나 허리를 깊이 숙이는 것이 어려워진 때문에 이런 고민이 생긴 것이지요. 그런데 그녀는 이런 제 사정에는 아랑곳 않습니다. '나를 골탕 먹이려고 작정이라도 했나?' 매일 피트니스센터에 갈 때마다 제발 오늘은 그녀가 없었으면 좋겠다고 생각합니다. 그런데 그녀는 다른 사람들보다 더 자주 자리를 지키며 환한 미소로 맞이하지요. 몸이 아프다며 다른 사람들은 가끔 결근을 하기도 하는 것 같던데, 그녀는 끄떡없는 것 같습니다. 그래서 언젠가는 한번 '도대체 나한테 왜 그러느냐?'며 따져야겠다고 벼르고 있었지만 막상 그녀 앞에 서면 상냥함에 주눅들어 '이렇게라도 근육 운동을 좀 해야지 어쩌겠어' 하면서 체념하고 말았지요. 그러나 통증이 오는 날이면 부아가 나기도 했습니다.

그러던 어느 날, 용기를 냈습니다.

"고객님, 36번입니다."

그 말이 떨어지기 무섭게 얼굴에 단호한 표정을 지으며, '도대체 왜 이 번호를 주는 거예요?'라면서 따지려고 했는데, 입에서는 전혀 다른 말이 툭 튀어나오더라구요. 약간 비굴한 표정까지 지으면서.

"제가 무릎 관절이 좀 안 좋아서…."

"아, 그러시구나. 그럼 16번을 드릴게요."

아주 싱겁게 상황이 정리되었습니다.

추측하건대 그녀는 저를 육십 노인이 아니라 아주 건강한 중년으로 봐준 것이 아닐까 합니다. 따라서 노인들에게는 적당한 높이의 열쇠를 주고 아래 칸을 충분히 감당할 만한 사람들에게는 저와 비슷하게 했던 게 아닐까요? 커스터마이징이라는 서비스 정신에 부합하는 사려가 깊은 행동이라 생각되네요. 그것도 모르고 하마터면 미워하고 항의까지 할 뻔했으니….

이후로는 항상 적당한 높이의 열쇠를 받습니다. 그녀가 비번인 날에도 6의 배수 번호를 받은 적은 없습니다. 오늘은 아침 늦게 프런트에 갔더니 평소에 보이지 않던 남자 직원이 있더라구요.

"남은 키 번호가 18번밖에 없는데 괜찮으시겠어요?"

"그렇군요. 그거라도 주세요."

아마 그녀가 고객 정보란에 제 사정을 입력해 놓은 모양입니다. 허리를 한껏 숙이고 신발장에 구두를 넣으면서도 오늘은 통증을 느끼지 못했습니다.

상대에게 자신의 의견을 말하지도 상대의 생각을 묻지도 않고,

제멋대로 판단하는 것은 참으로 위험한 일이네요. 잘 모르면 지레 짐작하지 말고 물어보세요. 아니면 적어도 자신이 생각하는 바가 맞는지 상대방에게 꼭 확인해야겠습니다.

성경 말씀입니다.

"이제 모든 짐승에게 물어보라. 그것들이 네게 가르치리라. 공중의 새에게 물어보라. 그것들이 또한 네게 말하리라." 욥기

유쾌한
800

[2014. 05. 27]

'800', 그리고 오늘은 '805'.

매일 새벽마다 만나는 숫자입니다. 하루가 지날 때마다 그 숫자는 하나씩 늘어가고 있네요. 별거 아닌 숫자가 왜 이리 기다려지는지 모르겠습니다. 설레는 것은 말할 것도 없고요. 가끔씩 따라붙는 '새벽 정신'도 간결하지만 그 비장함을 느끼기엔 충분해 보입니다. 그래서 매일 하루 일과를 시작하기 전에 숫자를 세어보는 것이 습관이 되어버렸지요. 아마 그 꾸준함이 깨질까 봐 노심초사하며 마음 속으로 그의 성공을 응원하고 있는 것 같습니다.

도대체 그 숫자가 무엇이냐고요? 자신이 만든 결심을 지속시키고 있는 날짜의 합이라고 합니다. 작심삼일이라고 했는데 어떤 이는 결심한 바를 깨지 않고 이렇게 800일 동안 지속하고 있는 것이지요.

지난 목요일, 그 주인공인 커피집단 정선후 대표를 만났습니다. '800'이라는 숫자를 찍던 날이었지요. 그 일을 축하하기 위한 자리가 아니라, 선한 일을 기획하기 위해 모인 자리였는데 공교롭게도 딱 그날과 겹치게 된 것입니다. 그날 모인 분들 모두 제 마음과 같이 그 '800'을 놀라워하면서 축하인사를 건네더군요. 무언가 지속하고 있다는 것은 알지만 아직 정확히 무엇을 지속하고 있는지 모르는 한 분이 정 대표에게 묻습니다.

"무엇을 800일 동안 지속하고 있는 것이지요?"

주인공이 대답도 하기 전에 마치 모든 것을 안다는 듯이 제가 대답을 했습니다. '술을 끊은 지 800일이 지났다'고 말이지요.

그렇습니다. 어떤 일이 계기가 되어 금주를 결심하고 오랫동안 그 결심을 지켜오고 있는 것이지요. 원래 술을 못했던 것은 아니라고 합니다. 하루가 멀다 하고 술에 빠져 살았으며 주량도 만만치 않았었다고 하네요. 그런데 지금은 한 모금도 입에 대지 않고 있다니 정말 대단합니다. 순전히 자신의 의지만으로 그것을 지켜오고 있으니까요.

사업상 스트레스가 없어 보이지도 않습니다. 몇 개의 커피전문점을 운영하고 있으니 바쁘기도 하고 매일 갖가지 문제와 만나게 될 것은 뻔한 일이지요. 그리고 접대할 일도 적지 않을 것 같습니다. 그런데도 과거의 잘못된 관행으로 되돌아가지 않고 나름의 원칙을 지키고 있네요. 그렇다고 사람들과 담을 쌓고 지내는 것도 아닙니다. 물 한 잔, 사이다 한 잔을 앞에 두고 밤 늦도록 애주가 지인들과 어울리고 있으니까요. 그런 강인한 의지가 있으니 사업도 잘 꾸려 나가고 있는 것이 아닐까 생각됩니다.

그리고 더 대단한 것은, 그분이 주위와 함께 더불어 사는 삶을 살고 있다는 것입니다. 자신의 커피전문점을 사회적기업의 각종 모임 장소로 제공할 뿐만 아니라 음료까지 무료로 제공하고 있으니까요.

작년에 처음으로 사회적기업과 협업하여 의류 기부 행사를 한 바 있습니다. 그 두 번째 행사가 다음 달 초에 있는데 그분이 자청해서 그 행사에 협찬하겠다는 의사를 피력하더군요. 단순히 커피만이 아니라 음료와 간단한 다과까지 말입니다. 처음 만난 사람에게 선뜻 그런 제안을 하기는 쉽지 않습니다. 아무리 상대가 좋은 일을 계획하고 있더라도 말이지요. 그런데 그분은 망설이는 기색 없이 제안을 하고 그 행사의 기획 모임에까지 이렇게 참석해준 것입니다. 이번에도 행사는 잘 진행할 수 있을 것 같습니다. 아무런 보수 없이 기꺼운 마음으로 행사를 기획하고 준비하는 분들에 더해, 이렇게 새로이 힘을 보태는 분이 나타났으니까요.

　그분의 숫자가 10,000이 넘어서도 지속되기를 기원합니다. 아니, 그분이 어느 날부터 숫자를 올리지 않더라도 그 꾸준함은 계속되고 있을 것이라 믿겠습니다. 🈁

북 콘서트

[2014. 06. 08]

북 콘서트(Book Concert)?

말 그대로라면 '책 음악회' 정도로 해석할 수 있겠지요. 순수 한글도 아니고 한자어도 아닌, 영어 단어 두 개의 조합인 이 행사가 요즘 부쩍 눈에 많이 띄고 있습니다. 정치인들이 여태껏 써왔던 '출판기념회'도 슬그머니 이것으로 대체되고 있어서 이제는 북 콘서트라는 말이 대세가 되고 있을 정도이지요.

출판기념회는 출판을 기념하고 또한 축하하기 위한 자리입니다. 그런데 과거에는 정치인이나 정치를 지망하는 사람들이 후원금을 모으기 위한 방편으로 이 출판기념회를 주로 이용하곤 했지요. 그래서인지 사회적으로 저명한 인사를 모셔서 그들의 축사를 듣는 것이 일반적인 형식이었습니다. 그래야 본인을 잘 알릴 수 있고 또 수익도 극대화할 수 있었기 때문이지요. 그러던 출판기념회의 형식이 최근 다양하게 변하고 있습니다. 토크쇼나 콘서트 형식을 빌어 재미 위주로 진행되는 경우가 많아진 것이지요. 그래서 출판기념회라는 말 대신 북 콘서트라는 용어로 아예 바꿔 부르게 된 것이 아닌가 합니다.

남의 일만 같던 이 북 콘서트를 엊그제 제가 직접 열었습니다. 3년 동안 써 왔던 글들을 엮어 『미생 이야기』라는 책을 출간하면서 자연스럽게 열게 된 것이지요. 행사는 북 콘서트와 바자회를 겸하기로 했습니다. 오후 3시부터 바자회 행사를 2시간 진행한 후, 오후 5시부터 본행사인 북 콘서트를 하기로 한 것이지요. 본행사에는 축사나 작가와의 인터뷰만 있는 것이 아닙니다. 책 속에 인용된 시도 낭송하기로 하고 테너와 소프라노가 이중창으로 축가도 부르기로 했습니다.

이 행사를 어떻게 진행할까 하는 고민은 별로 없었습니다. 이미 작년에 제 글의 주인공들과 사회적기업인 스토리스토어가 공동으로 비슷한 이벤트를 개최한 경험이 있었기 때문이지요. 그러니 별도의 준비 기간도, 특별한 기획도 필요치 않았습니다. 작년에 행사를 공동 주최했던 관계자 세 명에다가 도우미를 자청하는 세 분이 더해져 일사천리로 진행할 수 있었지요. 준비 모임도 두 번으로 충분했습니다. 별로 할 일이 없었으니까요.

물론 전체적인 행사 컨셉, 각종 홍보물 디자인 및 제작, 저글링 시연, 심지어 행사 진행까지 도맡아 감당해야 했던 일명 불혹조씨가 있었기 때문에 가능한 일이었습니다. 실제 그만 홀로 분주했지요. 세상에서는 늘 이렇게 능력 있는 사람이 짐을 혼자 지게 되지요. 이럴 경우 '내 일도 아닌데 왜 나 혼자 이렇게 동동대야 하나?'라며 불만을 표할 법도 한데, 그는 한 번도 싫은 내색 없이 즐겁게 해냈습니다. 언제나 느끼는 것이지만 저는 참 사람 복이 많습니다. 그저 감사할 따름입니다.

작년에 그랬듯이 행사에는 정말 많은 분들이 오셨습니다. 특히 부부, 또는 가족 단위로 함께한 분들이 많았지요. 장소를 한강변 선상카페로 잡은 것이 주효했습니다. 작년에 오신 분들을 연속 초대하기가 무엇해서 올해는 원칙적으로 빼기로 했지요. 그런데도 다시 오신 분도 있고, 입소문을 듣고 오신 분들도 계셨습니다. 작년 행사 때보다 거의 두 배의 인원이 참석하신 것이지요. 그래서 일일이 그분들을 소개할 수는 없을 것 같습니다. 다만, 몇 분께는 특별히 감사를 드려야겠네요.

지방선거 지원으로 분초를 다투며 전국을 누비시느라 피곤이 누적된 데다, 다음 날 따님 혼사까지 있음에도 불구하고 행사 취지를 들으시고 기꺼이 참석해 축사까지 해주신 정세균 의원입니다. 그리고 만난 지 채 한 달도 안 되는데도, 두 번째 만남에서 행사 취지를 듣고는 흔쾌히 참석을 결정하고 실제로 오셔서 축사까지 해주신 네슬레프로페셔널 대표인 브루노씨도 있네요. 그리고 오늘 오신 모든 분들을 위해 시원한 냉커피와 각종 음료, 그리고 빵 등 다과를 제공해주신 커피집단의 정선후 대표입니다. 저에게 글 쓰는 법을 알게 해준 중학교 은사님 안진희 선생님도 그 중 한 분이고요. 그 외에도 멀리 남원, 광주 등에서 달려와준 초등학교, 중학교 동창생들입니다. 또한 농담삼아 꼭 참석하겠다고 한 약속을 지키기 위해 대만에서 날아와 준 분도 있네요^^

이번 행사를 준비하면서 가장 어려웠던 일은 회사 임직원들이 이 행사를 알지 못하게 하는 것이었습니다. 회사 내 제 위치를 감안할 때 자칫 어쩔 수 없이 행사에 참석해야 하는 사람이 생길 수 있기 때문이지요. 아무리 취지가 좋아도 강제적이라면 의미가 퇴색할 것이니까요. 다행히도 아무도 오지 않았습니다. 비밀이 새지 않은 것이지요^^

이 와중에 혹 마음이 불편한 사람이 생기지는 않았는지 걱정이

됩니다. 초대받지 못해서 서운한 분, 행사 안내를 받았지만 선약 때문에 참석하지 못해서 느끼는 꺼림직함, 원하지 않은 초대를 받은 사람까지 말이지요. 좋은 행사인 만큼 그분들도 널리 이해해 주리라 믿습니다.

책이 나왔으니 이제 '미생 이야기'도 끝나느냐고 묻는 분들이 있습니다. 그렇지 않습니다. 미생 이야기는 책을 내기 위해 쓴 것이 아니거든요. 세상의 소소한 아름다운 이야기들을 전하고자 시작한 것이니까요. 그래서 이야기는 계속되어야 합니다. 그러나 형식은 다소 변해야 할 것 같네요. 그것을 좀더 고민하겠습니다. 생각이 잡히면 다시 오겠습니다. 柁

안보견학

[2012. 05. 15]

　지난 주말에는 안보견학을 다녀왔습니다. 80년대에 군복무 27개월을 꼬박 채운 터라 군대가 낯설지는 않지만 해군, 그것도 함대사령부에 방문하여 군함에 올라보기는 처음이네요. 당초 몇 분이 식사하는 자리에서 지나가듯 얘기한 것이 발단이 되어 실제로 함대사령관이 정식 초청하는 행사로 이어진 것입니다.

　쾌청한 날씨로 서울에서 출발했지만 동해안의 독특한 날씨 탓인지 목적지에 도착했을 때는 곧 비라도 내릴 듯 하늘에 구름이 가득하더군요. 정박해 있는데다 1,200톤이 넘는 거대한 군함이라 꿈쩍

안 할 것 같은데도 동해안의 거센 파도에는 어쩔 수 없는지 좌우로 미미한 흔들림이 느껴집니다. 병사들에게는 이런 미동이 아주 익숙해서 별로 개의치 않는다고 하네요. 그렇지만 배를 탈 기회가 거의 없는 저는 선상에서 미끄러질까봐서 내심 조바심을 냈습니다. 함정을 견학하는 동안 한 발당 20억원에 달하는 대함유도탄, 5억원 가까운 어뢰 등 각종 무기들을 직접 볼 수 있었습니다. 그리고 예비군훈련 소집대상 해제 이후 처음으로 소위 짬밥이라는 병식을 먹었습니다. 특식으로 추정되는 비빔밥이 나왔습니다. 밥도 먹을 만하고 반찬도 맛있어서 고추장에 비벼 한 그릇을 마파람에 게 눈 감추듯 단숨에 해치웠지요. 함대 방문자 중에서 과거엔 이런 맛있는 음식을 타박한 분도 있었나 봅니다. 아마 군 경험이 없는 분이라 생각되네요. 군대 갔다 온 사람들에겐 짬밥은 음식 이전에 하나의 추억입니다. 그래서 그 자체로 감격이지요.

금방이라도 하늘에서 비가 쏟아질 것만 같던 날씨는 그냥 그 상태를 오후 내내 유지했습니다. 그래서 오히려 운동하기에 너무나 좋았습니다. 평소에는 바람도 잦다고 들었는데 바람도 거의 불지 않더군요. 언제나 행운이 따르는 것 같습니다. 운동이 끝나고 저녁 만찬이 시작되었습니다. 함대 사령관이 직접 함대와 해군 역사에 대한 브리핑을 해주더군요. 군함 하나 제대로 보유하지 못하던 시절, 해군 장병 및 그 가족들이 갖은 고생을 하며 1만 5천 달러를 모으고 이에 감동한 대통령의 지시로 정부에서 예산을 보태서 함정을 만들기 시작했다는 대목에서는 가슴이 뭉클했습니다. 특히 장병 부인들이 삯바느질을 해서 돈을 보탰다는 대목이 감동적이었지요. 막강 해군의 시작은 바로 이런 분들의 정성 어린 손길에서 시작된 것입니다.

행사 분위기는 정말 화기애애했습니다. 예정에 없던 사회를 보게 되어서 조금은 당황했지만 일일이 서로를 소개하고 어울리는 동안 금방 서로가 친숙해지는 느낌을 받았습니다. 평소에 그렇게 높게만 느껴지던 장성들이 친근한 이웃집 형님으로 다가오기도 처음이었지요. 방문자 몇 분의 얘기를 종합해 보더라도 저와 같은 생각이었습니다. 장성이라고 하면 부하들에게 군림하고 폼이나 잡고 심하게는 조인트나 까는 그런 사람들로 생각했는데 그 반대라는 것이지요. 끝없이 자신을 낮추고 인격을 가다듬는 모습이 느껴진다는 것입니다. 이런 분위기여서 스스럼없이 어울릴 수가 있지 않았나 싶습니다. 마침 준장인 부사령관과 옆자리에 앉게 되어 편하게 이런저런 이야기를 나누다가 깜짝 놀랐습니다.

무슨 일이 있었냐구요?

그분이 다름 아닌 서의 고교 및 내학 신배님 친동생이라는 사실을 알게 된 것입니다. 정말 세상 좁습니다. 그래서 어디서든 바르게 행동해야 된다고 옛 어른들이 그렇게 강조했나 봅니다.

이번 한 주도 착하게 살겠다고 다짐합니다. 㘽

자부심

[2012. 11. 03]

　자기 일에 당당한 사람은 참 보기가 좋습니다. 개인적으로도 그
런 사람을 좋아하지요. 부하직원 중에도 무조건 고개를 조아리고
제 말에 동조하는 사람보다는 저와 생각이 다르다거나 제가 무언
가 잘못 알고 있다는 것을 당당하게 지적해주는 사람을 좋아합니
다. 물론 최소한의 예의를 갖추고 제 자존심이 상하지 않을 정도로
마음을 써주는 태도를 보이는 부하직원은 더욱 더 좋고요.

　저 자신도 상사에게 그런 편입니다. 어떤 때는 당당함이 지나쳐 무
례하지 않나 하는 오해를 빚을 정도로 강한 인상을 보여준 적도 있
지요. 다행히도 직장생활 24년 동안 이런 저를 잘 이해해주시고 예

뼈해주시기까지 하는 좋은 상사들만 만난 덕분에 아직은 호사를 누리고 있습니다. 그러나 위로 올라갈수록 당당함과 자기 주장이 약해질 것 같고 또 그래야만 할 것 같은 생각에 조금은 서글퍼지네요^^

오늘 아파트 단지에서 당당한 아저씨 한 분을 만났습니다. 옷 수선하시는 분이지요. 가족들이 새 바지를 살 때마다 통과 길이를 줄이기 위해 아내가 찾아가는 단골 수선가게 아저씨입니다.

계절이 바뀌면서 마땅히 입을 바지가 없어서 장롱을 뒤져보니 사다놓고 거의 입지 않은 바지가 다섯 개나 되더군요. 대부분 통도 크고 길이도 맞지 않아서 입으면 맵시가 나질 않아 그냥 장롱 서랍에 방치해 둔 것이지요. 그래서 그것들을 몽땅 들고 단지 내 수선가게로 간 것입니다. 헤지거나 헐렁해진 윗옷 둘도 함께 들고 말이지요.

'오늘 이 아저씨 횡재했군.' 이런 생각으로 찾아가서 수선을 부탁했는데 아저씨 반응이 신통치 않습니다.

"급히 찾아가야 할 것이라면 안 됩니다." 거절하시는 폼이 그냥 장난 같지는 않고 단호합니다.

"왜요?"

"저기 밀린 바지들 좀 보세요."

아저씨가 가리키는 쪽을 보니 정말 일감이 빼곡히 쌓여 있습니다. 요새 많은 사람들이 여러 개씩, 심지어 어떤 이는 열 개씩 들고 와서 수선을 맡긴다고 하네요.

"이런 불경기에 아저씨는 일감이 밀려드니 얼마나 행복하겠어요?"

아내가 아저씨 비위를 맞추기라도 하려는 듯 웃으면서 저를 거들고 나서는데 아저씨가 하소연 합니다. 일이 많아 너무 힘들다고요. 수선 일은 아무나 할 수 있는 것도 아니고, 또 손이 많이 가는 일이어서인지 요즘 젊은 사람들은 도통 배우려 하지 않는다는 것입니다. 그러니 나이 든 자신들로 끝날 것 같아 안타깝다는 것이지요. 그냥 단순 노무 일이라고 치부했었는데 아저씨는 이 일이 기술을 요하는 전문직이라는 자부심을 가지고 있었습니다. 그래서 단순히 돈을 벌기 위한 수단, 즉 생계의 수단으로 하는 일 같아 보이지가 않더군요. 나름 수선과 관련한 철학도 갖고 계셨습니다. 굳이 수선해봐야 실효성도 없는 것은 그대로 되돌려 주기도 하고, 수선 방식도 제가 원하는 방식이 아니라 전문가로서의 조언을 담아 저를 설득하시는 거였습니다.

바지 길이를 줄이기 위한 백화점의 수선집이나 스타일 수선을 하는 리폼 전문점은 여전히 성업 중이지만 아저씨 말대로 아파트나 주택단지 인근에 있던 수선집이 점점 사라져 가는 것은 어느 정도 사실인 것 같습니다. 새것을 사 입기도 바쁜 세태에 수선 일이 무슨 돈이 되겠느냐고 생각해서 그런 것일 수도 있고요. 그러나 일감이 이렇게 몰려 있는 아저씨를 보면 꼭 그렇지도 않은 것 같습니다. 청년 실업률이 6%가 넘고 청년 실업자가 27만여 명에 이른다는 지금에도 수선 일을 찾아 나서는 젊은이들은 많지 않은 것이지요. 대기업 취업에만 목을 매는 젊은이들이 아닌, 아저씨처럼 무슨 일을 하든 자기 일에 당당한 젊은이들이 많아졌으면 합니다. 그리고 매사에 당당한 대한민국 국민들이었으면 좋겠습니다.

과연 저는 지금 제가 하고 있는 일에 대해 이 아저씨만큼의 자부심과 당당함이 있는 걸까요? 그리고 여러분은 어떠세요? 未生

무슨 일을 하든
자기 일에 당당한 젊은이들이 많아졌으면 합니다.
그리고 매사에 당당한 대한민국 국민들이었으면 좋겠습니다.

내려놓음

[2012. 12. 02]

　내려놓음이 이렇게 편안한 것인지 몰랐습니다. 무언가에 집착하고 연연해할 때의 간절함이나 자기만족이 잘못된 것이라는 말은 결코 아닙니다. 다만 이렇게 툴툴 털고 났을 때 느끼는 해방감이 이토록 좋은 줄 이제야 알았다는 말을 하고 싶은 것이지요.

　지난 목요일 저녁, 고등학교 동창들 송년 모임이 있었습니다. 이번 모임은 단순히 한 해를 마감하는 저녁 자리만은 아니지요. 앞으로 2년 동안 새로이 모임을 이끌어 갈 집행부를 뽑는 날이기도 합니다.

　2년 전 이즈음에 떠밀리다시피 회장을 맡게 되었습니다. 졸업

30주년 행사를 앞두고 모임을 이끌기에 제가 가장 적임이라는 전임 회장들의 사탕발림과 적극적인 지원 약속에 그만 홀랑 넘어가서 수락하고 만 것이지요. 무슨 대단한 명예가 있는 것도 아니고 곳간이 가득해서 인심을 펑펑 쓸 수 있는 재정도 아니었습니다. 오히려 행사 기금을 마련해야 하는 무거운 짐만이 놓여 있더군요.

맡은 이상, 잘해야 했습니다. 가장 중요한 것은 훌륭한 회장단을 구성하는 것이었지요. 다행히도 평소에 사심 없고 너무나 헌신적인 친구들을 눈 여겨 보아 둔 덕에 그들을 총무로 모실 수 있었습니다. 거기서 이미 게임은 끝난 셈이지요. 얼개만 정해주면 나머지는 착착 알아서 실행해 주었으니 말입니다. 이런저런 형태로 모임을 주선하고 그 행사를 위해서 뒤에서 묵묵히 일해 준 총무 덕분에 저는 거저 먹는 기분이었습니다. 제가 개인 사정으로 참석하지 못하는 행사에도 총무는 한 번도 빠지지 않고 행사를 주도하고 얼굴을 내비쳤으니까요.

모임이 활성화되면서 곳간도 채워지기 시작했습니다. 사람이 모이면 돈이 나가는 것이 아니라 들어온다는 것도 참 좋은 교훈이라고 생각되네요. 그래서 큰 행사를 치르고도 꽤 많은 적립금을 다음 회장단에 넘길 수 있게 되었습니다. 친구들의 적극적인 협조도 큰 힘이 되었지요. 모임에는 항상 이런저런 잡음도 들리고 불만들도 섞이기 마련인데 지난 2년은 거의 그런 얘기가 없었습니다. 오히려 수고가 많다면서 따뜻하게 손을 잡아주는 친구들이 대부분이었지요. 정말 감사할 일입니다.

총무를 맡아 헌신적으로 일한 친구에게 실은 최근 어려운 일이 있었더군요. 그 친구는 국내 굴지의 기업에 다니고 있는데 어려운 경제 상황에 대처하기 위한 방안으로 그가 속한 사업부가 분사를 하게 되었답니다. 불확실한 미래 때문에 여러 가지 고민이 클 텐데도 불구하고 전혀 내색하지 않고 이번 송년 모임을 준비해준 것이지요. 이 또한 감사할 일입니다.

다음 회장을 맡게 된 이는 올해부터 총무로 합류한 친구입니다. 열정이 넘치고 친구들과 두루 교류하는 편이어서 마음이 든든합니다. 그래서 제 마음이 이렇게 편안 것인지도 모릅니다. 이제는 뒤에서 묵묵히 그를 돕기만 하면 될 일입니다. 한 없는 해방감을 즐기면서 말이지요.

'내려놓는다는 것은 버려두는 것이 아니라 진심으로 아끼고 생각하는 것이다'라는 누군가의 말이 생각납니다.

오늘 이 상황이 그것과 일맥상통하는 것이겠지요? 🀄

기억력
유감

[전북일보 미생 칼럼, 2019. 06. 06]

한 사람이 평생동안 얼마나 많은 사람을 기억할 수 있을까? 만 명, 천 명, 백 명? 케빈 브룩마이어의 소설 『로라, 시티』를 떠올리며 든 궁금증이다. 사람마다 뇌의 용량이나 기능에 차이가 있기 때문에 단언적으로 얼마라고 말하기는 어려울 것이다.

얼마 전 모 언론사 간부와 얘기하던 중 그분 휴대폰에 저장된 연락처가 3천 개가 넘는다고 해서 적잖이 놀랐다. 작년까지 2천 개 남짓 연락처를 가지고도 늘 벅차하던 필자인지라 그 많은 분들을 어찌 나 기억하느냐고 물었더니 기억까지는 모르겠지만 언론계 간부들은 대개 그 정도의 연락처는 가지고 있단다.

휴대폰 연락처에 저장된 이의 숫자가 천 명이 될 때까지는 전화 발신자 이름이 뜰 경우 *그가 누군지* 거의 기억해냈는데, 그 이상을 넘긴 이후부터는 화면에 뜬 이름을 보고서도 누군지 헷갈려 하는 일들이 많아졌다. 그래서 궁여지책으로 연락처를 새로 등록할 때 신체적 특징이나 간단한 약력 등을 추가로 입력하는 방법도 취해보았지만 역시 근본적 해결책이 되지는 못했다.

자신이 직접 저장한 이름이 뜨는데도 얼굴도 생각 안 나고 심지어는 수화기 저쪽에서 들려오는 목소리를 듣고 나서도 누군지, 어디서 만난 분인지도 모르면 정말 당황스럽다. 그래서 말을 올리지도, 그렇다고 하대하지도 못하고 '아~', '네~'라는 추임새를 연신 발하며 상대가 누군지 단서를 찾으려는 경우가 허다하다.

장황하게 이 이슈를 꺼내는 이유는 하루에도 수십 번씩 울려대는 기억 저쪽의 발신자 이름과 아예 전화번호로만 뜨는 수신 전화로 인한 곤혹스러움이 오롯이 필자 혼자만의 몫은 아닐 듯 싶어서다.

연초에 휴대폰을 교체하면서 상당 기간 피차 연락 안 한 번호들은 아예 제외하고 가끔씩이라도 소통하는 600여 명만 연락처에 입력해 놓았다. 그런데 이제 입력 안 된 분들로 인해 각종 해프닝이 생기고 있다. 백업 리스트에도 없는 전화번호로, 회의나 부재 중 걸려온 전화가 있다. 그냥 무시하면 대개는 더 이상 전화가 오지 않는다. 광고성 전화가 대부분이기 때문이다. 그런데 가끔이지만 콜백이 없는 경우 독촉 문자를 보내는 분이 있다. 그것도 본인 성함도 밝히지 않고 다정하게, 또는 하대조로 답신을 재촉하면서 말이다. 그냥 무시하려다가도 어떤 때는 조급증이 발동해 전화를 걸고만다. 그러면 상대는 '춘향이 이도령이라도 만난 듯' 반가이 자신을 소개한다. 스쳐가며 명함을 교환하거나 학연 지연으로 얽혀 있는, 알 듯도 모를 듯도 한 분들이다. 간단히 인사가 오가면 대뜸 용건을 얘기한다. 십중팔구 해결해주기 힘든 부탁이다. 세상이 분명 바뀌었지만 그분들은 아직 그것을 모르고 있는 것 같다. 아니, 세상 일은 모두 공명정대하게 처리되어야 하지만 적어도 자신이 지금 얘기하는 사안에 대해서는 예외가 인정되어야 한다고 믿는 부류다. 그분들이 오죽하면 그럴까 하는 생각도 들지만 가끔씩은 부아가 치민다. 좀더 지혜롭게, 그리고 상냥하게 대처하지 못한 자신에 대한 자책으로 말이다.

불과 몇 달 사이에 휴대폰 연락처가 또 300개 늘었다. 서로 도움을 주고받으며 더불어 살아가는 세상에서, 기존 관계를 정리하는 것이 어렵거니와 새로운 사람을 만나지 않을 수 없음을 반증하는 것이다. 그러니 기억 못하는 분으로부터 연락을 받는 일은 앞으로도 불가피해 보인다. 이 사소하지만 중요한 문제를 어찌할까 고민

했는데, 역시 과거에 한동안 사용했던 방법이 좋을 것 같다. 기억이 떠올려진 분이나 적어도 백업 리스트에 포함된 번호면 답신을 하는 것으로 말이다. 세상과는 끊임없이 소통하되, 번잡함에 끌려다니고 싶지 않아서 말이다. 그래도 이런 방법이 옳은 것인지는 여전히 확신이 없다. 하지만 어쩌랴. 아직 할 일이 태산인데 선한 코스프레 하느라 에너지를 고갈시킬 순 없지 않은가?

다만 여전히 꺼림칙한 게 있다. '로라'의 '기억' 덕분에 '시티'에서 평화롭고 안온하게 존재하는 사람들이 떠올라서다. 필자는 과연 전화 발신자에게 어떤 존재일까? 기억되는 자, 아니면 기억 잘하는 자, 그도 저도 아닌 그냥 기억력 나쁜 자? 완生

STORY 05

불편함 _
뒤집으면 변화와 혁신

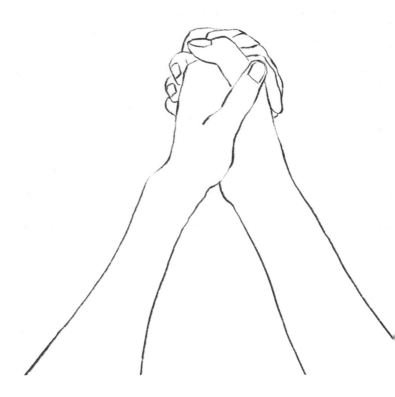

끊임없이 도전하는 책임대표사원

[2021. 03. 08]

　미남 하면 저는 리처드 기어를 맨 앞에 둡니다. 그런데 닮고 싶은 사람을 물으면 망설임 없이 리처드 브랜슨이라고 대답합니다. 영국의 괴짜 사업가로 알려져 있는 버진그룹 회장 말이지요. 그는 기업가적 자질도 뛰어나지만 우리에게 끊임없이 영감을 주고 혁신적인 생각을 추구하게 해주는 예술가적 소양이 돋보이는 사람입니다. 지금도 그는 항공산업에서 벌어들인 돈을 투자하여 민간 관광 우주선(버진갤럭틱)을 만드는 데 매진하고 있지요. 성공 여부와 상관없이 그의 도전정신은 제 가슴을 설레게 합니다. 저보다도 열서너 살 많은 그분의 열정은 늘 자신을 부끄럽게 합니다.

우리나라에도, 아니 제 주위에도 이런 분이 있습니다. 10여 명이 매월 한 번씩 점심식사를 하는 모임이 있는데 오늘은 그분이 사정상 불참했지만 이 모임의 고정 멤버이지요. 브랜슨보다 나이는 여섯이나 많습니다만 브랜슨 못지않게 열정이 넘치고 끊임없이 변화를 추구하는 분입니다. 우리는 그를 '회장님'이라고 부르지만 본인은 이를 탐탁치 않아 합니다. 처음 만났을 때 그분이 내민 명함에 있는 '책임대표사원'이라는 표기를 보고 적잖이 당황했던 기억이 납니다.

'연세가 꽤 되신 것 같은데, 아직 사원?' 이라는 생각을 먼저 했고, 이어서 '사원이라는 호칭은 있지만 대표사원은 도대체 뭐지?' 라는 의문이 들었으며, 마지막으로 '대표사원이면 대표사원이지 책임대표사원은 또 뭐야?'라는 의구심이 들었던 것이지요.

그분에게 직접 여쭙지는 않아서 아직까지 '책임대표사원'의 정확한 의미는 모르겠지만, 5년 동안 겪어온 경험에 근거해서 볼 때 이렇게 이해해도 좋을 듯합니다. 회사의 창업자이긴 하지만 처음 회사 창업할 때처럼 사원과 같이 낮게 임하겠다는 의지이며, 고객에게도 그리고 회사 임직원에게도 확실히 책임지는 사원의 자세로 일하되 본인이 모든 구성원을 대표해서 책임지겠다는 뜻 아닐까요?

부인과 함께 걸레 하나에 하이타이 한 봉지, 염산 1통을 들고 시작한 변기 청소 사업이 현재는 그룹 임직원 3만 8천여 명, 매출 1조

6천억 원의 글로벌 기업으로 성장했습니다. 주인공은 삼구그룹 구자관 회장님입니다. 이렇게 성공적으로 기업을 일구는 동안 그분이 겪은 시련과 고난은 이루 말할 수 없었지요. 그리고 이를 극복한 그분의 성실함과 경영 능력은 거의 신화에 가깝습니다. 또한 겸손이 몸에 밴 분입니다. 누구를 만나든 허리를 90도로 숙이고 인사를 하지요.

그러나 이 분을 닮고 싶은 것은 오롯이 그것 때문만은 아닙니다. 끊임없는 도전정신입니다. 56세에 스키를 타기 시작했으며, 환갑의 나이에 대학에 진학하고, 68세에 석사학위를 받고, 69세에 승마를 배우고, 71세에 비행기 조종을 시작했다는 사실입니다. 무엇보다도 더 반한 것은 할리데이비슨을 타고 있는 그분의 모습입니다. 만세 하듯 두 팔을 앞으로 쭉 내밀어 핸들을 잡아 채고 그 작은 체구에 딱 맞는 가죽 재킷을 걸쳐 입고 빨간 머플러를 휘날리며 청평 북한강 따라 경춘국도를 유유히 활주하는 모습 말이지요. 일 속에만 갇히지 않고 인생을 즐길 줄 아는 멋진 경영인 아니겠습니까?

그런데 그분은 이제 시인까지 겸하려나 보네요. 얼마 전 보내온 그분 자작시의 일부입니다.

　그리고는
　청매 홍매 개나리 진달래 꽃과

연보라가 고운 깽깽이풀,

노랑저고리 입은 산수유꽃과 홍가시나무,

백의천사 닮은 노루귀

더없이 외로워 보이는 홀아비바람 꽃, 동강 할미 꽃들이…

아~

이제 꽃이 여는

봄의 축제가 열리겠지

한때 '펀(Fun) 경영'의 그루로 여겨졌고, 그러면서도 언제나 사회적 관심사를 메시지에 담는 리처드 브랜슨은 이렇게 말했습니다.

"나는 과거 170여 개의 사업을 시작할 때마다 오직 사회에 대한 책임과 명성만을 생각했다. 그랬더니 돈이 따라왔다."

그런데 리처드 브랜슨은 더 멋진 말도 했더라고요^^

"돈은 뭔가를 하기 위해 존재한다!" 끝

만세 하듯 두 팔을 앞으로 쭉 내밀어 핸들을 잡아 채고
그 작은 체구에 딱 맞는 가죽 재킷을 걸쳐 입고
빨간 머플러를 휘날리며 청평 북한강 따라
경춘 국도를 유유히 활주하는…

좋은 결과에는 고통이 따른다

[2012. 09. 28]

　'우리가 우리의 행동에 대해 책임을 지는 것이 어려운 이유는 그 행동의 결과로 받는 고통을 피하고 싶어하기 때문이다.'

　정신과의사 스캇 펙 박사가 그의 저서 『아직도 가야 할 길』에서 한 말입니다. 상당히 일리가 있는 말이지요. 권한위임을 강력히 주장하다가도 정작 전적인 위임을 받게 되면 두려움과 더불어 책임감의 무게에 겁먹은 나머지 그 권한을 피하고 싶어 합니다. 심지어는 이런 이유로 자신에게 주어진 선택의 기회를 남에게 양도하려는 경우도 있지요. 에리히 프롬은 일찍이 이를 통렬히 꿰뚫어 보고 '자유로부터의 도피'라고 명명했는지도 모르겠습니다.

어제 점심 때, 신문사에 근무하는 고등학교 후배를 몇 년 만에 만났습니다. 꽤 잘 나가는 기자입니다. 젊은 나이에 사회부장, 경제부장을 거쳐 지금은 비서실에 있으니 말이지요. 회사 후배사원과도 대학 친구라는 인연이 있는 후배인지라 셋이서 함께 했습니다. 약속 시간에 맞춰 예약한 식당에 도착하였더니 누군가가 와서 기다리고 있더군요. 그런데 전혀 모르는 사람이 있는 것이 아니겠습니까?

같이 간 후배 사원이 아니었으면 못 알아봤을 뻔했지요. 그래도 최근 접촉이 있던 두 친구는 서로 금새 알아보았습니다만 저는 너무나 변해버린 후배 때문에 착각을 한 것입니다. 연유를 물어봤더니 4개월 전부터 자전거를 타기 시작했다고 하더군요. 암사동에서 여의도까지 자전거로 출퇴근하고 있으며 수시로 시간이 되면 자전거로 이곳저곳 다닌다는 것입니다. 불과 몇 달 동안 7천 킬로미터를 다녔다고 합니다. 그 덕분에 얼굴, 목, 배 등의 불필요한 살은 빠지고, 허벅지 등 하체에는 살과 근육이 붙게 되었다는군요. 피부도 좋아졌다고 합니다.

바쁜 일과로 운동할 시간이 없는 탓에 몸무게가 계속 불어나니 무슨 대책을 세워야 할 것이라고 걱정은 하면서도 정작 딱히 방법이 없다며 아무런 행동도 취하지 않는 저에게는 상큼한 충격이었습니다. 스캇 펙 박사의 지적은 결국 저를 두고 한 말인 것 같네요.

좋은 결과를 기대하면서도 정작 고통이 수반되는 과정을 경험하고 싶지 않아 아무런 행동도 취하려 들지 않았던 것이지요.

이제 어떤 선택이든 해야 할 것 같습니다. 음식 섭취를 최소화하려면 우선 저녁 약속을 줄여야겠지요. 물론 쉬운 일은 아닙니다. 그것도 주요 일과 중 하나니까요. 하루쯤은 의무적으로 비워두는 습관을 들여보겠습니다. 또 있네요. 하루 최소 8km정도는 걸어 다니는 것입니다. 열량 소모를 늘리는 것이지요.

행동의 결과로 받는 고통이 크더라도 책임을 지고 싶습니다. 그것이 자신을 속이지 않는 길이라고 생각하니까요. 이럴 때 응원이 필요합니다. 응원해 주시겠죠? 起

자격증
강박

[2012. 04. 09]

　송별회는 예정보다 좀 늦게 시작되었습니다. 장소는 본사 이전하기 전, 월말 회식을 주로 하던 삼계탕집입니다. 웬 삼계탕집이냐고 하실 분이 있지만 퇴임하시는 전무님이 좋아하시던 곳이라 굳이 이곳으로 정했습니다. 이 집은 좋은 일이 생긴 사람이 멀리 해미에서 자연산 회를 당일 공수해 와 한턱 내는 자리로도 이용해 왔습니다.

　순서에 의해서 감사패와 준비한 선물을 드리고 전무님 말씀을 들었습니다. 연신 당신은 행복하다는 말씀과 이번 인사에서 좌천된 부서장들에 대한 위로의 말씀을 해주셔서 모두들 다시 한번 숙연해졌지요. 그러나 전반적으로 유쾌한 분위기로 진행되었습니다.

'전무님 한 분이 그만두시면서 십여 명이 행복(?)해졌다'고 농을 던질 정도였으니 말이지요.

　위로와 축하의 잔이 오가며 한창 흥이 오를 무렵, 제 옆에 앉아 있던 부장 이야기가 나왔습니다. 이번 인사에서 부서장 자리를 내놓고 백의종군하게 된 사람이지요. 대개 이런 경우 송별회 자리에 나오지도 않는 법인데 꿋꿋하게 참석해준 것이 무척 고마웠습니다. 어려움에 처해 있을 때 어떻게 처신하느냐가 그 사람의 진면목을 보게 되는 기회인 것 같습니다. 그런데 더 신선한 충격은 지난주 치른 보험심사역 시험에서 그가 합격했다는 것이었습니다. 시험 보기 며칠 전 부서장에서 밀려난 충격적인 일이 있었음에도 불구하고 예정된 시험을 치른 것만으로도 훌륭한데 합격까지 했으니 정말 대단한 일입니다. 진심으로 축하해 주었지요. 그 외 제 산하 몇 사람이 더 합격했는데 그중 여직원도 한 명 합격되었다는 소식을 접하고는 마음이 너무 뿌듯했습니다. 실무 경험이 거의 없는 총무가 시험에 합격하기는 쉽지 않거든요. 실은 저도 이번에 시험에 응시했었는데 실무 경험 부족과 준비 기간이 짧아서인지 고전을 했습니다. 합격 문자 통보가 없어 마음이 좀 상해 있던 차에 소속 직원들이 이렇게 좋은 소식을 전해주니 큰 위로가 되더라고요. 조만간 합격한 직원들을 모아 놓고 축하하는 의미에서 맛있는 밥을 사야겠다고 생각했습니다.

자리를 이동하며 이어지던 송별회에서는 전무님의 새로운 인생 출발을 기원하는 건배사가 연신 이어졌고, 결국은 전무님을 행가래치는 것으로 정말 아름답게 끝났습니다.

귀가하는 길에 저도 혹시나 하고 이번에 남몰래 응시한 개인보험심사역 시험 합격 여부를 확인해보았습니다. 그런데 이게 웬일입니까? 정말 운 좋게도 합격을 했더라구요. 발표 당일 합격 문자 통보가 없어 불합격한 것으로 알고 확인도 않고 있다가 우연히 얻은 횡재입니다. 작년에 언급한 적이 있듯이 3년 전부터 매년 자격시험 하나씩 준비해서 합격하겠다는 생각을 해왔고 재작년 기업보험심사역, 작년 요트운전면허시험 합격에 이어 또 하나의 자격증을 얻게 되었습니다.

그러나 이제 자격증 강박에서 좀 벗어나려 합니다. 시험 준비하면서 의외로 잃은 것이 많더군요. 특히 교양서적을 읽을 시간이 적어서인지 머리가 탁해지는 느낌이 들더라구요. 이제 직원들의 삶도 좀 더 들여다 보고 세심히 챙기는 노력도 해야겠네요. 그래야 저도 은퇴할 때 이번에 퇴임하시는 전무님처럼 후배들의 존경을 받지 않을까 해서 말입니다.

작은
변화

[2012. 07. 24]

'피할 수 있어도 부딪혀라.'

작년 이맘때쯤 산정호수로 법인영업본부 워크샵을 다녀온 뒤 '미생 이야기'에 올렸던 구호입니다. 지난 1년을 돌이켜보니 정말 그렇게 실천해왔던 것 같네요. 임직원 모두 과감히 부딪히면서 때론 깨지기도 하고 아쉬움에 발을 동동 구르기도 했지만 결국은 크나큰 결실을 얻었습니다. 그리고 그런 과정을 통해서 모두들 자신감이 충만해졌다는 것이 가장 소중한 수확이지요.

법인본부의 상반기 매출이 매우 크게 늘었습니다. 목표보다 15%를 더 초과달성 했네요. 전년보다는 29% 신장을 해서 업계에서

1위를 하게 되었습니다. 늘 하는 말이지만 저는 참 복이 많은 사람이지요. 믿고 맡겨주시는 상사, 도움을 주시는 타 부문 동료 임원, 열정을 가진 부하 임직원 덕분에 이런 영광을 얻게 되었으니 말입니다. 물론 양적 성장뿐만 아니라 질적 성장이 뒷받침되어야 하는 과제를 새로이 부여받고 있긴 합니다만.

그래서 올해는 워크샵을 좀 앞당겨서 시행하기로 했습니다. 장소도 양평으로 잡았고요. 지난 금요일 오후부터 어제 토요일 오전까지 본부 인원 120여 명이 함께하였지요. 영업 실적이 좋아서 분위기는 일단 최상이었습니다.

이번 워크샵은 진행 방법을 좀 달리했습니다. 과거에는 14명의 부서장이 본부장에게 각 부서의 하반기 경영전략을 발표하는 식이었습니다. 회의자료도 일정한 틀이 정해져 있어서 대개 각 부서의 자료 전담 직원이 작성한 후 부서장의 수정 검토를 거친 후 발표를 합니다. 이것도 괜찮은 방법이지만 상하간, 동료간 좀 더 소통하는 방식을 택하고 싶어서 방법을 달리 해보자고 제안했습니다. 탑다운(Top-down)과 바텀업(Bottom-up)을 가미한 방식으로 말이지요.

가장 먼저 법인영업본부장인 제가 모든 소속 임직원에게 본부의 운영방침을 브리핑했습니다. 그리고 산하 3개 사업부장인 임원들이 운영방침에 대한 좀 더 구체적인 발제를 하였구요. 그런 연후에 다섯 가지 주요 테마를 선정해서 각 부서 또는 직급별로 활동 계획 (액션 플랜)을 발표했습니다. 테마별 경진대회를 연 것이지요.

결과는 대박이었습니다. 조직의 목표와 개인 목표의 정렬(얼라인먼트)이 이루어진 것은 당연한 결과고요, 덧붙여 경진대회를 준비하고 실제로 현장에서 대회를 진행하면서 다함께 사안에 대한 몰입이 이루어진 것이 여실히 보였습니다. 과거에는 14명의 발표자를 제외하곤 모두들 관전자에 불과했지만 이번에는 대부분이 경기에 참여하고 직접 뛰게 되었으니 몰입하지 않을 수 없게 된 것이지요. 발표 내용도 상당히 구체적이고 실천 가능한 것들이 많았습니다. 형식도 형식이지만 아이디어가 정말 대단하더군요. 각오를 다지는 뮤직비디오를 만들어 온 팀도 있고, 미래뉴스를 만들어 영업의지를 불태우는 팀도 있었습니다. 평면적 발표자료가 입체적으로, 비주얼뿐만 아니라 음향효과도 충분히 살린 자료들로 대부분 바뀌었더군요. 그래서인지 오후 시간이 지루하기 않았고, 오히려 촉박한 시간으로 인해 발표자들이 발을 동동 구를 정도였습니다.

더욱 고무적인 일은 여직원들의 자세 변화였지요. 항상 이런 행사에 여직원은 그냥 심부름이나 하고 맨 뒷줄에서 지루하게 시간을 보내기 일쑤였는데 이번엔 그러지 않았습니다. 실제로 경진대회 1등을 한 친구도 올해 입사한 신입 여사원이었습니다. 그리고 총무 여직원들도 팀을 이루어 부서에 도움이 될만한 일들을 찾아 제안을 하였습니다. 완성도가 아직은 부족하지만 대회 참여만으로도 대단한 일 아닌가요? 그들의 기를 살려주기 위해 본부장 특별 추천 케이스로 본선에서 발표를 하도록 해주었지요. 많은 박수를 받았습니다. 특히 여직원들은 내용 불문하고 그 여성 발표자에게 일방적 응원을 보내더군요^^

이제 또 다른 작은 변화를 시작하려고 합니다. 거기에는 지금보다는 훨씬 많은 사람들이 소통하고 공감하고 동참하는 변화가 될 것 같네요. 지금껏 그러셨던 것처럼, 앞으로도 계속해서 여러분들도 여전히 사랑스러운 눈길과 따뜻한 응원의 박수를 보내주시지 않겠습니까? 起

인터뷰
[2013. 03. 25]

"본부장님, 인터뷰 하실 내용을 여섯 가지 정도 정리해 보았습니다. 보시고 편하신 시간 알려주시면 바로 인터뷰 진행하겠습니다."

지난 수요일, 산하 지원팀에 근무하는 장 매니저가 찾아와 전한 말이었습니다. 누가 시키지도 않았는데, 이번 달부터 '나는 법인이다'라는 프로그램을 만들어 채터방에 올리고 있는 친구입니다. 인사팀에서 줄곧 근무한 터라 영업에 잘 적응할까 걱정하던 참인데 요즘 하는 일을 보면 오히려 영업에 새로운 기운을 불어넣는 역할까지 하네요. 얼마 전에도 영업 직원의 사기를 팍팍 올려 주는 이런저런 제안을 해서 한번 시행해 보자고 적극적으로 맞장구를 쳐

준 기억이 있습니다.

'나는 법인이다' 프로그램 첫 출연자는 전년도 연도대상 법인부문 1위를 한 친구로 결정되어 이미 방송을 탔습니다. 법인 채터방에서 첫 방송이 되던 날, 장 매니저가 저에게 인터뷰 요청을 하더군요. 흔쾌히 승낙을 했는데 이렇게 빨리 두 번째 순번을 받을 줄은 몰랐습니다. 인터뷰할 사항을 훑어보니 까다로운 사항이 없어 당장 촬영하자고 했지요. 그랬더니 촬영 장비를 가져와야 하니 이튿날 아침에 하자는 것입니다. 회사 장비가 아니라 온전히 개인 장비를 활용하여 이런 일을 하는 것이라는 뜻이 되겠지요. 장비라고 해야 촬영하는 카메라와 편집하는 기구 정도겠지만 열정이 없고서야 어찌 이런 일을 사서 하겠습니까?

성의가 정말 가상하여 좀 더 진지하게 임하자는 생각을 했습니다. 그래서인지 인터뷰할 내용도 마음속으로 좀 가다듬고, 용모도 좀 가지런히 하게 되더군요. 이튿날 아침 인터뷰는 일사천리로 진행되었습니다. 평소 제가 가지고 있는 생각과 제 개인적인 일을 얘기하는 것이어서 별 어려움이 없었지요.

진솔한 제 삶을 얘기하려던 의도와는 조금 어긋나서 결국은 법인영업 임직원에게 주로 당부하는 내용이 되어 버렸습니다. 이것도 직업병이 아닌가 합니다. 회식할 때, 편하게 식사나 하자고 늘 얘기하면서도 결국은 '공장 이야기'를 벗어나지 못하는 샐러리맨들의 습성이 저도 몸에 밴 것이지요. 그래서 제 인터뷰 내용도 그렇게 가고 말았습니다.

'유리창을 깰까봐 유리를 닦지 않는다면 결국 유리는 더러운 채로 그대로 남게 된다.'

실패를 두려워하지 않는 자세를 저는 참 좋아합니다. 그리고 그렇게 배웠습니다. 저 스스로 참 복이 많다고 생각하는 것은 직장에서 좋은 분들과 함께했기 때문이지요. 특히 훌륭하신 상사분을 많이 모셨습니다. 그분들이 제게 준 교훈이 바로 그것이지요. 무언가를 잘해 보기 위해 과감히 도전했다가 회사에 손실을 입혔을 때도, 그분들은 문책하기보다는 위로와 격려를 해주셨습니다. 그래서 오늘의 제가 있게 된 것이지요.

그리고 또 하나, 구체적인 꿈을 꾸라고 얘기했습니다. '꿈은 반드시 실현된다'고 얘기하지만 그냥 막연한 꿈은 진짜 한낱 꿈으로 끝날 수 있기 때문이지요. 구체적이어야 간절함이 동반되고, 그리고 간절해야만 자기 확신에 이를 수 있게 되고, 확신을 가지고 실행하다 보면 그때 비로소 이루어진다고 생각합니다.

10여 분의 짧은 인터뷰를 통해, 오히려 스스로를 되돌아보게 되었습니다. 신발 끈을 고쳐 매는 계기가 된 것이지요. 그 친구의 새로운 시도들이 힘겨운 날갯짓을 하고 있는 동료들에게도 큰 힘이 될 것 같습니다. 그리고 혹 의도한 만큼의 좋은 결실을 맺지 못한다 하더라도, 그 시도만은 높이 사야 할 것 같네요.

다음에 출연할 친구가 누구일까 벌써 궁금해집니다. 내일 아침에 살짝 한번 물어봐야겠습니다^^ 🔲

평판

[2012. 05. 10]

　'호랑이는 죽어서 가죽을 남기고 사람은 죽어서 이름을 남긴다'
는 말을 어릴 적부터 귀가 따갑게 듣고 자랐습니다. 원래 이 말은 송
나라 문인인 구양수의 저서 『오대사기(伍代史記)』 「왕언장전」에 나오
는 '표사유피인사유명(豹死留皮人死留名)'에서 표범[豹]을 호랑이[虎]로
바꿔 쓴 것이라 하네요. 사람이 죽어서 이름을 남긴다고 하는 것
은 단순히 자기의 이름 석 자를 남긴다는 뜻이라기보다는 자신의
명예를 남긴다는 것이겠지요. 그러니 늘 자신을 살피고 행동거지
를 조심하라는 경구로 생각됩니다. 명예는 스스로가 생각히는 본
인의 평가가 아니라 타인들의 평판에 의해 부여되는 것이니까요.

그런데 갑자기 웬 명예, 평판 타령이냐구요? 간밤에 있었던 우리나라 고위직 인사의 지극히 부적절한 행동이 도마 위에 오르면서 불쑥 이 말이 떠올랐기 때문입니다. 오랜만에 퇴임 임원들과 함께한 점심식사 자리에서는 이 사람에 대한 각종 평가와 저마다 자신이 지어낸 상황을 재연하느라 정작 서로의 근황은 상세히 나누지도 못할 지경이었지요. 본인에게 변명의 기회가 주어지기 어려운 상황이니만큼 다소 억울할 수도 있겠지만 여러 정황에 비추어 볼 때 본인의 명예, 즉 사회적 평판을 우호적으로 돌려놓기는 불가능해 보입니다. 사회적 평판은 거들떠보지도 않은 채 그를 고위직에 추천한 분이나 반대여론에 아랑곳하지 않고 등용한 분의 이름에도 먹칠을 하게 될 것 같습니다.

열흘 전에 회사 임원 인사가 있었습니다. 통상 매년 4명 내외의 임원이 교체되던 것과 달리 이번엔 그 두 배가 넘는 분이 회사를 그만두게 되었습니다. 정말 저 자신도 깜짝 놀란 대대적인 인사였지요. 그분들 중에는 그런 상황을 전혀 예측하지도, 도저히 받아들일 준비도 안 된 분도 있어 보였습니다. 그럴 수밖에 없는 것이 너무나 전격적이었으니까요. 그러나 대부분이 퇴직 통보를 받자마자 사무실을 두루 돌아다니면서 일일이 손을 잡아주면서 작별인사를 나누는 것이 아니겠습니까? 민망해하는 저희들에게 오히려 덕담을 해주고 회사를 잘 만들어 달라는 진심 어린 부탁까지 하면서 말이지요. 내면에서 일어나고 있는 분노와 상심을 저렇게 온전히 다스리고 있을 뿐만 아니라 가벼운 미소마저 보이는 그분들을 마주하면서 그들이 왜 임원이었는지를 새삼 느끼게 해준 시간이었습니다.

퇴직한 임원이 있는 만큼 새로이 발탁된 임원도 있었습니다. 내부에서 세 분이 새로이 임원이 되었고 외부에서 최근 영입한 임원과 더불어 두 분이 추가로 오늘 영입되었지요. 향후 1년은 대외적인 환경 변화만큼이나 회사 내부의 변화도 클 것 같습니다.

이번 인사에서 제 산하에서도 대대적인 변화가 있었습니다. 임원 한 분이 그만두시고 한 분은 본부장으로 영전하였지요. 그리고 두 명의 부장이 임원급으로 승진하였고 임원 한 분을 외부에서 영입했습니다. 저만 그대로고 대부분이 바뀐 셈입니다. 외부에서 임원을 영입하면서도 평판의 중요성을 알게 되었습니다. 영입 검토를 할 때부터 업계 및 소속회사 내에서의 평판을 듣게 되는 것은 당연한 절차이지요. 그리고 직접 만나서 면담을 하기도 합니다. 그런데 정말 놀라운 것은 그 평판이란 것이 실제와 거의 부합한다는 것입니다. 여러 방면에서 취득한 평판을 비교해보면 분명 출처가 다른데도 불구하고 매우 유사한 것을 보면 말이시요.

오늘의 결론은 이렇습니다.

혼자만의 은둔생활을 꿈꾸거나 평생을 칩거할 요량이 아니라면 항상 본인의 마음가짐과 자세를 잘 다스려 나가야 한다는 것입니다.

이렇게 말하고 있는 저 자신은 과연 어떤 평판을 받고 있을까요?

파격과
혁신

[2013. 05. 26]

'파격과 혁신.'

이 둘은 서로 상관관계가 있을까요?

'혁신의 아이콘'이라 불리는 애플의 스티브 잡스 하면 가장 먼저 떠오르는 것이 '검정 터틀넥과 청바지'일 것입니다. 회사의 신제품을 발표하는 자리에서 그런 캐주얼한 복장으로 직접 프리젠테이션을 하는 모습이 아직도 선하네요. 동시대에 살던 대부분의 CEO들이 감히 시도할 수 없었던 상당히 파격적인 의상이었습니다. 이런 파격이 그를 혁신의 아이콘으로 만든 것일까요?

얼마 전, 제 스스로 아주 편하고 친하다고 생각하는 어느 지인이 모 조간신문에 기고한 〈캐주얼 경영〉이라는 비즈니스칼럼에 대해 주제넘은 댓글을 달았다가 머쓱해진 적이 있었습니다. 기업에서 27년 가까이 변화와 혁신을 입에 달고 살았던 사람으로 캐주얼 경영이 추구하는 의미와 유용성을 어찌 모르겠습니까? 그런데 그날 따라 조금은 장난기가 발동해서 그냥 맞장구 쳐주기보다는 또 다른 의견도 있을 수 있음을 지적해주고 싶었습니다. 주제인 캐주얼 경영과는 조금 벗어난 캐주얼 복장에 대한 부작용을 언급한 것이지요. 이미 정장을 보유하고 있는 직원들로서는 새로이 캐주얼 드레스 코드로 바꾸려면 패션 감각이 필요하고 이를 뒷받침할 시간과 금전적 비용이 만만치 않다고 말입니다.

'아, 그럴 수도 있겠네요^^'라는 가벼운 반응을 기대했는데 의외로 다소 단호함이 묻어 있는 답글을 받았습니다. 그래서 더 이상 논쟁은 진행시키지 않았습니다만 마음 한 구석에 찜찜한 여운이 남더군요. 심지어는 당초 가지고 있던 캐주얼 경영의 필요성과 효용성을 정면으로 부정하는 마음이 잠시 일기도 했습니다. '마음가짐이 중요한 것이지, 복장이 뭐가 중요해'라는 다소 유치한 생각 같은 것 말이지요. 아직 그 분에게 저의 치기 어린 댓글과 짧은 순간의 유치한 생각을 들키지는 않았지만, 조만간 얼굴을 마주 보고 실토할 생각입니다.

엊그제는 1박 2일로 회사 핵심 임직원들이 '혁신 전진대회'를 그룹 인재경영원에서 가졌습니다. 비즈니스 캐주얼 복장으로 모이라는 사전 안내가 있어서 티셔츠에 체크 콤비 자켓을 걸치고 단화를 신고 지정된 장소에 갔습니다. 그런데 이게 웬일입니까? 우리 본부 참석자 5명을 제외하고는 대부분이 정장 차림으로 온 것이지요. 캐주얼 차림으로 오려고 해도 마땅한 옷이 없고 이것저것 골라 입는 것이 힘들어서 그냥 정장에 넥타이만 풀고 왔다는 것입니다. 괜히 저희만 머쓱해졌습니다. 다행히도 토론을 주재하는 CEO께서 비즈니스 캐주얼 복장으로 오셔서 한숨을 돌렸지요. 이래서야 혁신이 되겠냐는 생각이 순간 들더군요. '복장이 뭐가 중요하냐?'고 공연한 억지를 부렸던 얼마 전의 일은 그새 깜빡 잊어버리고 말입니다. 아무튼, 나이 든 우리 세대는 그냥 오래 묵은 양복이 오히려 편한가 봅니다. 요즘 젊은 세대가 캐주얼이 편한 것처럼 말이지요.

이번 행사는 본부장/실장이 해당 본부의 중단기 중점추진전략을 먼저 발표하고 이어서 이를 구현하기 위한 핵심전략과제를 본부장, 그리고 산하 사업부장이 개인별로 발표하는 자리입니다. 따라서 첫날에만 15명이 주제 발표를 하게 되어 있어 시간 안배가 매우 중요한 일이었지요. 사무국에서 이를 감안해 주제 발표 양식을 통일하고 가능한 그 형식을 크게 변형시키지 않는 선에서 발표하기를 당부하였던 모양입니다.

그런데 저는 나름 재미있게 만들겠다고 동영상도 넣고 그래픽도 가미시켰습니다. 제 발표 순서가 저녁 식사 바로 직후여서 졸리기도 하고 피곤하기도 할 것 같아 상당한 파격을 가한 것이지요. 당연히 사무국에서는 요즘 유행하는 개그콘서트 멘트처럼 '여기서 이러시면 안 된다'는 답이 왔습니다. 허탈하더군요. 할 수 없이 발표 당일 새벽에 나와 동영상은 빼고 그래픽은 최소화 하여 자료를 넘겼습니다. 시간이 임박해서인지 이번에는 별 이의가 없었습니다.

제 눈에도 발표자료가 튀어서 괜한 짓을 한 것은 아닌가 하는 후회가 들기도 했습니다. 발표 내내 발표 내용보다는 참석자들의 반응이 신경 쓰이더군요. 특히 새로 오신 CEO께서 어떤 입장을 보이실까 하고 말입니다. 좋다 나쁘다 별 반응이 없으시더군요. 일순 '다행이다'라는 생각이 들었습니다. 한 사람 정도의 파격은 용인되지 않을까 하면서 말이지요.

파격이 혁신을 성공적으로 이끄는 것인지에 대한 확신은 아직 없습니다. 그러나 혁신이 기존의 사고나 틀을 깨는 것에서 출발한다는 면에서 보면 파격은 꼭 필요한 것 같네요. 다만 파격에 대한 강박관념을 가질 필요는 없을 것 같습니다. 자연스럽게 다가오는 파격도 있으니까요. 그리고 편안한 파격도 있을 테니까요.

새로 입사하는 직원들부터 캐주얼 드레스 코드를 적용해 나가는 것이 어떨까 하는 생각을 해봅니다. 아니, 일일이 규정 지우고 강제하는 것 자체를 아예 없애는 것이 필요할지도 모릅니다. 그것이 정장이든 캐주얼이든 그것을 선택하는 사람들이 편하고 자유롭고, 그래서 창의력이 발휘되는 쪽으로 말이지요. 起

혁신과
따뜻함

[2013. 06. 23]

　해마다 이맘때쯤 우리 법인영업본부가 갖는 행사가 있습니다. 소속 임직원 전체가 참여하는 워크숍이지요. 재작년에는 8월에, 작년에는 7월에 있었는데 올해는 좀 앞당겨 엊그제 1박 2일로 양평 리조트에서 진행했습니다.

　7월 초나 휴가가 끝나는 8월 말로 할까 하다가 본부 내 임직원이 혁신 방향을 가능한 빨리 공유하자는 생각에서 시기를 좀 앞당긴 것이지요. 지난 달 말 '혁신 전진대회'를 갖고 회사 내 본부별, 사업부별 핵심전략과제를 정한 바 있습니다. 그러니 이제는 본부 내 직원들에게 본부장으로서 이를 브리핑해 주고 그 바탕 위에 직원 각자가 소속 사업부의 방향과 정렬된 과제나 아이디어를 쏟아냄으로써 목표를 공유하자는 것이지요. 이름은 혁신 전진대회로 정했습니다.

직원들은 직급으로 묶어서 6개조가 아이디어 경쟁을 하게 됩니다. 사전에 열흘간 각 조별로 열띤 논쟁 끝에 과제를 정하고 이를 구현하기 위한 방안을 준비했다고 하네요.

보통 첫째 날에 대부분의 공식 일정이 끝나기 마련입니다. 그리고 다음 날엔 산행이나 운동경기를 하는 경우가 많지요. 그런데 둘째 날 아침 8시부터 각 조별 토론과 발표가 이어져 정오까지 계속되었습니다. 행사를 진행하던 중 한 통의 문자가 왔습니다.

"상무님, 기침하셨습니까? (중략) 시간 되시면 잠깐 뵈러 갈까 해서요."

양평에 살고 있는 안병민 휴넷 이사님입니다. 해박한 지식과 냉철한 논리로 사물의 핵심을 늘 꿰뚫는지라 연배는 다소 아래지만 함부로 할 수 없는 분이지요. 몇 년 전, 건강이 좋질 않아 서울 생활을 접고 네 식구가 양평으로 와 생활하고 있습니다. 다행히 건강은 많이 좋아져서 얼마 전부터 강의도 나가고 신문사에 기고도 하는 등 예전과 같은 활발한 활동을 하고 있더군요.

예전엔 양평 하면 해장국이나 옥천냉면이 먼저 생각났는데 그분이 이곳으로 이사한 이후로는 양평 하면 그냥 그분과 두 자녀 이름이 제일 먼저 떠오르는 게 참 신기합니다. 그래서 워크숍 첫날 양평에 도착하자마자 그분께 간단한 안부 문자를 넣어 드렸지요. 그랬더니 이렇게 답을 준 것입니다.

9시 반이 조금 지날 때쯤 로비에 도착했다는 문지기 왔습니다. 워크숍이 진행 중이었지만 잠깐이라도 뵙고 싶어 부리나케 내려갔지요. 어린 따님과 함께 왔더군요. 참 반가웠습니다. 건강해진 모습도 보기 좋았고요. 빈손으로 오지 않고 책을 한 권 들고 오셔서 제게 내미는 것입니다. 『내 얘기를 들어줄 단 한 사람이 있다면』이라는 그분의 지인이 쓰신 책이더군요. 그냥 와준 것만으로도 감사한데 이렇게 책까지 들고 오다니 또 감사할 일입니다.

머리부터 발끝까지 캐주얼해진 제 모습을 보더니 아주 젊어 보인다고 덕담까지 빼놓지 않았습니다. 사실 혁신이 뭔지를 직원들에게 보여주고 싶어서 일부러 튀는 복장을 하고 왔는데 다행히도 그분에게도 그런 모습을 보여줄 수 있게 된 것이지요. 얼마 전 '캐주얼 경영'과 관련해서 불편한 생각을 피력했던 것에 대한 사과의 표현도 포함될 법한데 그분이 알아채셨는지 모르겠습니다^^

5분 정도 간단한 대화를 마치고 헤어졌습니다. 양평이라 바로 옆 동네인 줄 알았는데 차를 몰고 30분 달려온 것이라고 하더군요. 그저 가슴이 멍해졌습니다. 자신에게도 저런 열정과 인간미가 있을까 하는 자문도 해보았지요.

혁신은 어쩌면 이러한 열정과 더불어 대상에 대한 따뜻함이 아닐까 하는 생각을 해봅니다. 자기에게 무슨 이익이 될까를 생각하기 이전에 진정으로 고객이 원하는 것이 무엇인지를 찾아내는 데서 출발하는 것 말이지요. 다음 주 혁신 회의에서는 이러한 점을 고려하여 과제를 좀 수정해야 하지 않을까 생각합니다. 📖

산천의구

[2013. 10. 06]

"여기는 28년 전이나 지금이나 똑같아요. 변한 게 없네요."

평소엔 거의 말이 없던 수행기사가 불쑥 던진 말입니다. 동대문을 지나 신설동 로터리 쪽으로 가면서 말이지요. 차창 밖을 보니 정말 익숙한 풍경이 눈에 들어옵니다. 30년 전에도 그랬던 것 같습니다.

어찌 아느냐고 물어봤더니 이 근처 고등학교를 다녔다고 하네요. 고등학교 졸업 후 이 근처를 와본 적이 없는데 오늘 보니 옛날 그대로라는 것입니다. 저는 간혹 이 길을 오가곤 했지만 코를 박고 무언가를 하느라 놓쳤던 것이지요. 이 길에 추억이 서린 사람에게는 강산이 두 번 바뀌고도 남을 시간이 바로 어제인 양 눈에 선한 것인지도 모르겠습니다.

신설동 로터리 모퉁이를 돌아 찾아간 곳은 10월 1일부로 제 산하로 편입된 본부입니다. 기존 3개 사업본부에다 이번에 새로 2개 사업본부를 추가로 맡게 되었는데 그중 하나이지요. 제 산하 본부 중 유일하게 여의도 본사에서 떨어져 나와 신설동 사옥에 위치해 있는 본부입니다. 이 본부 산하에 7개 지역별 센터가 있는데 마침 금요일 오후 센터장 회의가 있어서 상견례도 할 겸 저녁도 함께할 요량으로 방문한 것이지요.

사무실에 들어가면서 처음 눈에 띄는 것이 영업 우수자 사진입니다. 지난 1년간 분기별로 최고의 실적을 보여준 분들의 사진이 본부장 방에 죽 걸려 있네요. 우선 오늘 만날 센터장의 이름과 사진 아래 이름을 대조해 보니 네 명이 보입니다. 우수한 성과를 거둔 분들이어서 그런지 활짝 핀 미소가 좋고 얼굴도 연예인 같이 예쁘네요. '뽀샵' 효과가 없어서 실물과 사진이 거의 일치한 덕에 정확히 네 분을 알아 맞췄습니다. 아주 좋아하더군요. 자신의 이름을 정확히 불러줘서 고맙고 또한 자신들의 미모가 뽀샵의 힘이 아니라는 것을 증명해 주어서 그런 것 같습니다^^

저녁 식사 시간에, 이제 신혼일 것 같은 앳된 얼굴을 한 센터장이 올해 10년 장기근속상을 받게 되었으며 초등학생 자녀를 두고 있다는 얘기를 하는 것을 듣고는 또 한 번 놀랐지요. 일에 대한 열정과 당당함이 그들을 10년 전 그 젊음 그대로 고스란히 묶어 놓은 것이 아니었을까 하는 생각을 해보았습니다.

저녁을 마치고 밖으로 나서는데 30년 전 로터리에 우뚝 서 있던 낯익은 건물이 보입니다. 검정고시 학원으로 유명한 수도학원이지요. 고향 선배님이 세운 학원으로 80년대 어려운 환경에 처한 학생들에게 꿈을 심어준 학원으로 기억됩니다. 그런데 한 직원이 전해 준 이야기가 참 놀랍네요. 이 학원 설립자가 자기 친구인 한화그룹의 임원에게 사옥 부지를 소개해 줘서 바로 인근에 우리 회사 건물이 세워졌다는 것입니다. 인연치고는 대단한 인연이네요. 그 당시에는 전혀 몰랐던 그 두 분을 지금은 가끔이지만 만나고 있으니까요.

오늘 저에게 새로운 기억을 만들어 줄 인연이 생겨서 흐뭇합니다. 자신감 넘치고 활기찬 분들과 함께 일한다는 것은 분명 큰 행운이지요. 어렵던 사업본부가 이제 제법 자리를 잡아 가고 있으며 새로운 기록을 하나씩 만들어 내고 있는 것은 온전히 그분들이 쏟아내는 에너지의 힘 때문이라 생각합니다.

전국에 산재해 있는 조직과 거기서 일하고 있는 550여 분의 동료직원들을 일일이 만나 대화하고 의견을 나누기는 쉽지 않겠지만 조만간 시간을 쪼개서 지역 센터를 방문할 생각입니다. 그리고 센터장들과는 최소 분기에 한 번씩은 만나 서로 소통하고 좋은 기운을 나누려고 합니다. 그래야 그 기운이 조직 전체에 온전히 퍼지게 될 테니까요.

막중한 책임감과 동시에 새로운 도전으로 인한 묘한 흥분이 몰려옵니다. 🈁

1만 시간의 법칙

[2013. 12. 29]

어제 오전 뉴스를 검색하다가 텍사스 레인저스 입단식에 참석한 추신수의 아내 하원미 씨의 인터뷰 내용을 우연히 읽게 되었는데 참 가슴에 와 닿았습니다. 추신수의 아내로 살아가면서, 야구 선수 추신수에 대한 존경심을 갖게 되었다며 전한 얘기 중에 이런 구절이 있더군요.

"남편은 자신이 어떤 대우를 받든, 야구선수로 있는 한, 자기가 맡은 일에 지나칠 정도로 집중하고 최선을 다해요. 아마 만족하고 고여 있지 않으려 했기 때문에 지금과 같은 결과를 얻었겠죠? 추신수 선수는 충분히 고생했고, 충분히 힘들었으며, 지금의 상황을 충분히 즐길 수 있는 자격이 있다고 생각해요."

　그렇습니다. 추신수 선수는 갑자기 영웅이 된 것이 아니지요. 어렵고 힘든 마이너리그 생활을 거쳐 오늘에 이르렀으니까요. 입단식에서 레인저스 단장이 추 선수의 성실함을 아주 높이 평가한 것을 보아도 그가 단지 천부적 재능만으로 이 자리에 온 것이 아님을 알 수 있습니다. 피나는 노력의 결과물인 것이지요. 우리는 흔히 밖으로 드러난 결과만을 보면서 괜히 시기하기도 하고 심지어 적의를 보이기도 합니다. 추신수 선수의 아내도 이런 점을 의식해서인지 이런 얘기를 하더군요.

　"프로는 돈이고, 그 돈으로 평가를 받지만, 저나 남편은 그 돈이 돈으로만 느껴지지 않아요. 숫자에 담긴 파란만장한 사연들이 존재하는 탓에 사람들이 하는 '숫자놀음'은 아쉬운 마음으로 지켜볼 수밖에 없더라고요. 남편과 전 종종 마이너리그 생활을 떠올리며 우리가 쌓은 추억들을 하나둘씩 끄집어내는 걸 좋아해요. 그때는 가진 것도, 가질 것도 많지 않은 불쌍한 마이너리그 부부였지만, 그 외엔 행복했고 즐거웠고 재미가 있었거든요. 지금은 우리를 물질로 평가하는 분들이 많아서 불편할 때도 있는데 그 당시엔 우리 둘만의 사랑으로 충만했던 시간들이었어요."

말콤 글래드웰은 『아웃라이어』라는 책에서 신경과학자인 다니엘 레비틴의 '1만 시간의 법칙'을 인용하면서, 어느 분야에서든지 세계 수준의 전문가, 마스터가 되려면 1만 시간의 연습이 필요하다고 강조합니다. 연습은 잘하는 사람이 하는 것이 아니라 잘하기 위해서라면서 말이지요. 음악의 신동 모차르트, 컴퓨터 천재 빌 조이와 빌 게이츠, 전설적 그룹 비틀즈에게도 이 법칙이 그대로 적용된다는 것을 말해줍니다. 그들에게 천부적인 재능도 있었겠지만 그 이전에 그들은 자기가 좋아하는 일에 수년 동안 푹 빠져 있었음을 보여주지요. 그래서 그들은 하루도 쉬지 않고 연습에 매진하였고 그래서 세계적인 인물이 될 수 있었던 것입니다.

추신수 선수가 오늘 이렇게 대박을 터트린 것도 그가 최소한 '1만 시간의 법칙'에 부응하는 노력을 기울였기 때문이라 확신합니다. 그리고 그에게 운이 좀 따랐다는 것도 사실인 것 같네요. 그러나 항상 명심해야 할 것이 있습니다. 세상은 운으로만 되지는 않는다는 것 말이지요. 행운을 바라더라도 먼저 꾸준한 노력으로 자격을 갖춰 놓는 것이 필요해 보입니다.

2013년 한 해 동안 열심히 달려온 모든 분들에게 2014년에도 자신이 좋아하는 일에 꾸준한 열정을 이어 가시기를 소망합니다^^

희망고문

[전북일보 미생 칼럼, 2019. 05. 09]

  작년에 코스모스 졸업을 한 큰아들이 아직도 정규직 취업을 못하고 계약직, 인턴을 전전하고 있어서 영 마음이 짠하다. 그 아들 녀석이 취업을 위해 아무런 노력도 않는다거나 그냥 대책 없이 소일하는 것도 아니고, 나름 본인의 적성에 맞는 일을 찾아보려고 부단히 노력 중이고, 또한 그 일을 맡기에 적합한 업무능력을 갖추기 위해 코피를 쏟으면서 공부하고 있기 때문에 딱히 그를 탓할 수도 없다. 그래서 올 연말까지는 가만히 지켜보기로 했다. 그동안 취업이 어렵다는 얘기는 귀가 닳도록 들어왔지만 요즘처럼 어려웠던 적이 있었는지는 잘 모르겠다.

과거에도 먹고 살기 힘들고 할만한 일자리가 없다는 말은 입에 달고 살았었다. 오죽하면 '단군 이래 요즘처럼 살기 힘든 적은 없다'는 말이 나오지 않은 해가 한 번도 없었다고 하지 않는가? 그런데 올해 들어 우리 경제 상황이 녹록지 않은 것은 사실이다. 급기야 올해 1분기 GDP 성장율이 -0.3%로 마이너스를 기록하면서 심리적으로 더 몰리는 상황이 되고 있다.

작년 이맘때 대학생인 둘째아들과 이런 얘기를 나눈 기억이 난다.

"취업이 어려운 것은 나라의 경제 상황이나 사회 구조적인 문제도 있지만 더 큰 문제는 구직자의 자세에 문제가 있는 것은 아닐까? 조금만 눈높이를 낮추거나, 아니면 자기가 원하는 일자리를 구하기 위해 최선을 다하면 다 되잖아. 별로 그런 노력도 하지 않으면서 환경 탓만 하는 것 같단 말이야."

"그건 아빠가 현실을 잘 모르셔서 하시는 말씀 같아요. 우리 친구들 정말 열심히 살고 있어요. 노력을 안 하거나 눈높이를 안 낮춰서 그런 게 아니라고요. 아빠 때처럼 경제 확장기에 쉽게 취직하던 시기와는 완전 다르다고요."

아들의 이러한 반응이 필자는 다소 불편했던 데다 마치 자기 방어기제가 작동한 것 같은 느낌도 있어서 한마디 쏘아붙였다.

"요즘도 어려운 가정환경에서 성공한 사람이 얼마나 많은 줄 아니? 뉴스에도 나오잖아. 아무튼 잘 되리라는 믿음을 가지고 최선을 다하면 항상 꿈은 이루어진다는 것을 명심해라.” 이 정도의 훈계면 받아들일만도 한데 둘째는 지지 않고 한마디 보탰었다.

“아빠, 저는 아빠 말씀 잘 새겨들을 테니까요, 다른 친구들에게 는 제발 그런 식으로 말씀하시지 않았으면 좋겠어요. 그런 걸 희망 고문이라고 한다고요.”

희망고문? 잊고 있던 이 단어를 생각게 하는 글을 최근 어느 지인이 보내줬다.

80년대 몹시 추운 겨울 날, 한 이등병이 언 손을 불어가면서 손 빨래를 하고 있었다. 지나가다 이를 지켜보던 마음 착한 소대장이 “박 이병, 취사장에 가서 뜨거운 물 좀 얻어다 해라” 하며 한마디 건넨다. 취사장에 갔지만 고참에게 ‘신병이 빠져도 한참 빠졌다’는 핀잔만 듣고 다시 돌아와 하던 일을 계속하는 이등병을 이번에는 중대장이 보고는 “어이, 그러다 동상 걸리겠다. 취사장에서 뜨거운 물 갖다 해”라고 친절하게 얘기해준다. 그래서 또 다시 취사장에 갔는데 고참에게 더 호된 꾸지람을 듣고 되돌아와 서러움에 울먹이고 있던 차에, 마침 지나가던 호랑이 보급계 중사가 “야, 내가 세수 좀 하려고 하니 지금 취사장 가서 그 대야에 뜨거운 물 좀 가득 담아 와라” 하고 심부름까지 시킨다. 울컥하는 마음이 없진 않았지만 어찌 하랴? 군대인데…. 이번엔 고참들이 선선히 뜨거운 물을 내줘서 대야 가득 담아 왔다. 그제서야 그 중사가 말한다. "박 이병, 그 물로 언 손 녹여가며 해라. 양이 충분하진 않지만 동상은 피할 수 있을 거야."

그래, 아들이 맞다. 희망을 주되 고문은 하지 말아야 한다. 그러려면 어설픈 훈계나 미사여구가 아닌 그들에 대한 진실된 사랑을 보여줄 행동이 필요하다. 延

"박 이병, 그 물로 언 손 녹여가며 하거라.
양이 충분하진 않지만 동상은 피할 수 있을 거야."

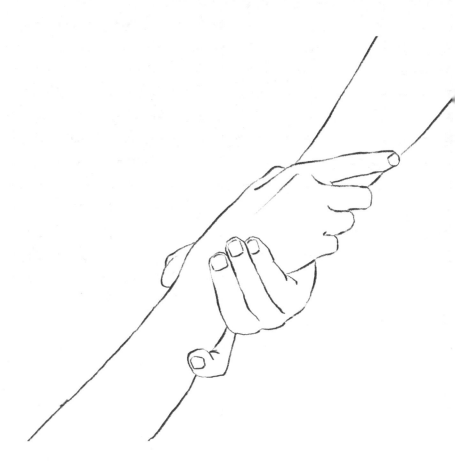

STORY 06

나눔 _
주위를 돌아보는 여유

나도 이제
아너다

[2016. 06. 10]

오랫동안 미뤄놓았던 숙제를 끝낸 기분입니다. 저 자신이 대견
하고 자랑스럽습니다. 제 결정이 혹 남에게 잘보이기 위한 행동이
라는 비웃음과 시기가 뒤따를지라도 저는 절대로 주눅들지 않을
자신이 있습니다. 참으로 잘한 결단으로 자부하며 지인들에게도
적극적으로 독려할 것이니까요. 저도 이제 아너 소사이어티 회원
입니다. 이와 관련된 어제 신문기사입니다.

　　"장수 출신인 한화그룹 이강만 전무이사(53)가 1억원 이상 개인 고액기부자
　　모임인 '아너 소사이어티(Honor Society)'의 올해 첫 전북지역 직장인 회원이 됐

다. 9일 사랑의열매 전북사회복지공동모금회(회장 이종성)에 따르면 이강만 전무는 지난 2일 전주 고궁담에서 전북 24호 및 전국 1163호 아너 소사이어티 회원으로 이름을 올렸다. 평소 알고 지내는 장덕흠 기부자가 아너 소사이어티에 가입하면서 그의 나눔 활동에 관심을 갖게 된 이 전무는 고향인 장수가 속한 전북사회복지공동모금회를 찾았다. 전북 최초로 직장인이 아너 소사이어티에 가입한 사례이다.

이 전무는 재경 장수 출신 모임인 벽계포럼 회원들과 함께 매년 고향 후배들을 위한 정기적인 서울초청행사를 개최, 경제적으로 어려운 학생들에게 장학금을 후원하는 등 지역사회의 어려운 사람들에게 다양한 나눔 활동을 실천해 온 것으로 알려졌다."

올곧게 살고 있는 지인 장덕흠 사장이 아너 소사이어티 회원이 된 이후로 저 자신도 언젠가는 그의 뒤를 따라가겠다는 마음이 자리잡은 것 같습니다. 마냥 기다려서는 안 되겠다는 생각이 든 때문인지는 몰라도 얼마전 불현듯 전북사회복지공동모금회에 전화를 걸었습니다. 그리고 가입 절차를 확인한 다음 전격적으로 결행한 것이지요. 아내를 설득하는데 이틀 걸렸지만 의외로 반대가 심하지는 않았습니다. 여러가지 고려해서 하라는 아내의 말은 꽤 일리가 있었습니다. 어려운 사람들이 가까이에 수없이 많은데 덜컥 거액을 기부하게 되면 나중에 그 후폭풍을 어떻게 감당할 것이냐는 것이었지요. 형편이 어려운 형제들과 누나들을 생각하면 좀 걱정이 되긴 합니다. 그래도 좋은 취지이니 이해해 주리라는 믿음이 있습니다.

회사에 다니는 동안 좋은 기업문화에 어우러져서 생활하게 된 것은 큰 복입니다. '빨리 가려면 혼자 가고 멀리 가려면 함께 가라'는 그룹 회장님의 강조 말씀이 이제 생활 신조가 되었습니다. 이것만 봐도 제가 속한 기업의 문화가 어떠한지 금방 알 수 있겠죠? 멀리 가려면 함께 가고, 빨리 가려 해도 이제 함께 가야 할 것 같습니다. 혼자만 빨리 가려고 하면 분명 누군가가 뒤에서 목덜미를 챌지도 모르니까요^^

성공한 사람들의 나눔 활동은 편안한 사회를 위한 최소한의 안전장치, 즉 보험입니다. 자신과 사랑하는 가족을 지키는 확실한 투자인지도 모른다는 것이지요. 지금은 바야흐로 재테크 못지 않게 나눔 투자가 필요한 시대입니다. 鐵

선한 영향력

[2022. 02. 24]

　지금도 그렇지만 소위 케미가 맞는 사람끼리 어울리는 현상은 예나 지금이나 다름없습니다. 고교시절에도 친구들끼리 어울리는 부류가 나뉘었고, 자신이 속하지 않은 부류의 친구들에게 '까마귀 노는 곳에 백로가 어찌 가랴?' 하며 자신들만 고고한 척 농치던 기억이 있네요. 한술 더 떠서 사자성어인 근묵자흑(近墨者黑)을 읊조리며 킥킥대기도 했었습니다. 한문 시간에 다같이 배운 한자성어인데도 자신만 기억한다는 듯이 툭툭 상대에게 던지며 은근슬쩍 유식을 뽐낸 것이지요.

　원래 이 사자성어는 중국 진(晉)나라의 학자 부현(傅玄)이 편찬한

잠언집 『태자소부잠(太子少傅箴)』에 나오는 '근주자적 근묵자흑(近朱者赤 近墨者黑)'에서 유래한 것입니다. 붉은색을 가까이하는 사람은 붉은 물이 들고 먹을 가까이하는 사람은 검은 물이 든다는 지극히 평범한 말입니다. 누구나 수긍할 수 있는 말이어서 참으로 오랜 기간 구전되어 내려온 것이 아닌가 합니다. 고결한 사람들과 사귀면 고결하게 될 가능성이 높고, 천박한 사람들과 어울리면 천박한 사람이 될 가능성이 높다는 뜻으로도 받아들여집니다.

2월 24일 이런 기사가 있었습니다. 어렸을 때는 가정형편이 어려워 남을 배려할 여유를 전혀 가지지 못했던 어느 초등학교 교사가 고액기부자 클럽인 아너 소사이어티에 가입하며 언급한 내용으로, '약자를 챙기고 어려운 이웃을 돕는 남편으로 인해 자신도 주변을 돌아보기 시작했다'는 것입니다.

그 교사가 누구냐고요? 제 아내입니다. 아내는 저와 달리 대중 앞에 나서는 것을 좋아하지 않고 자신을 내세우는 것도 꺼립니다. 많은 사람들과 두루두루 친하게 어울리는 저와는 딴판으로 아내는 낯을 상당히 가리는 편입니다. 그런 아내가 이러한 결심, 즉 회원 가입도 하고 가입식에 참석하여 발언을 하는 게 신기했습니다. 그리고 많은 분들 앞에서 침착하게 취지를 설명하는 모습이 퍽 인상적이었지요. 제게도 발언 기회가 주어졌는데, 힘겹게 살았던 아내 얘기를 하면서 일순간 울컥하며 울먹이게 되었고, 각본에 없이 아내를 와락 껴안았습니다.

학창시절엔 나름 고고함을 추구하며 자신의 기준에 맞는 친구들하고만 어울렸던 저도 직장에 들어온 이후로는 그렇게 살기에 세상이 녹록치 않음을 알게 되었지요. 당연히 모든 유형과 비비며 살게 되었습니다. 동료 직원이든 거래처 사람들이든 다양한 유형의 분들과 어울리고, 그중 부부 모임도 많다 보니 아내 또한 남편의 성공을 위해 마지 못해 그리 어울렸지요. 아내는 여러 낯선 분들과 어울리면서 사교성이 좋아지긴 했지만 여전히 그런 자리를 부담스러워 합니다. 그런데 아내는 다른 모임과 달리 아너 소사이어티 회원들 부부 모임은 편안하게 생각했던 것 같습니다. 그러고 보면 아내의 기사에 다음 말을 추가해야 하지 않을까 합니다.

'아너 소사이어티 가입은 주변의 아너 소사이어티 회원들의 선한 영향력, 즉 그들에게 물들어서 그리 되었다'라고 말이지요. 선한 영향력을 끼친 분들로는 참프레 김동수 회장님, 하림 김홍국 회장님, 스카이뷰 안용호 대표, 에이스씨앤텍 장덕흠 대표, 가온셀 장성용 대표, 가수 현숙 씨 등이 있습니다.

평생의 동지인 아내가 조금 늦었지만 제가 이미 가입한 클럽의

회원으로 동참하게 되어 참 기쁩니다. 함께 공유하게 되는 것이 하나 더 늘어서 또한 행복합니다. ▨

원서문학관

[2011. 10. 17]

지난 주에 지인 몇 분과 함께 제천에 있는 원서문학관에 다녀왔습니다. 무슨 예술기행을 한 거냐고 물으실 분이 있어서 말씀 드리자면 이번 방문은 저희만의 특별한 행사가 있어서입니다. 제가 속해 있는 모임에서 그곳 마을에서 병환으로 고생하는 분에게 연간 후원을 약속하러 간 것입니다.

저희 모임은 30여 명으로 구성된 부부모임인데 연령은 칠순을 넘기신 분부터 가장 어린 저까지 다양합니다. 한 달에 1인당 몇 만 원씩 적립하여 연간 5백만 원을 두세 분의 환자들에게 나누어 지원합니다. 각자 부담 없는 소액을 모아서 어려운 분이 요긴하게 사용토록 지원하는 일이라 참 좋습니다. 이번에 방문한 분에게는 월 20만을 지원하기로 했고 현장에서 이달치를 직접 전달했습니다.

선행을 드러내면 무슨 덕이 있겠습니까마는 이 일은 제가 주도한 것도 아니고 믿음의 선배님들이 오래 전에 만들어서 지금까지 20여 년이 넘게 해오셨음을 알리고 싶은 것입니다.

원서문학관에 오가면서 제가 정작 감동받은 것은 이 문학관을 운영하는 오탁번 선생님의 마음쓰심이었습니다. 오랫동안 대학에서 학생들을 가르치다 은퇴하시고 이곳의 초등학교 분교에 예쁜 문학관을 만들어 놓고 전원생활을 하시는 것도 그러하거니와 지역 주민과 교감하는 삶의 방식이 적이 아름다웠습니다. 자연을 벗삼아 아름다운 정원을 만들고 책에 둘러 싸여 문학관 서재에서만 소일했다면 이웃과의 소통 없이 홀로 고고한 척 살았을 것입니다. 그러나 그분은 성품 상 마을 안에 무슨 일이 일어나고 있는지, 이웃이 어떤 어려움을 겪고 있는지에 대한 관심을 저버릴 수 없었을 겁니다. 결국 그러한 배려심이 저희를 부른 것이겠고요.

병환으로 갑자기 어려움에 처한 그 가정을 방문했을 때, 안내하신 선생님과 마을 이장님께서는 그래도 경제적 걱정은 조금 내려놓았다는 안도의 표정을 지으셨고 그 온화한 얼굴에서는 연신 사

람 사는 냄새가 풍겼습니다. 골목 모퉁이에 활짝 미소 짓고 있는
코스모스처럼 말입니다. 🔲

소금과
베풂

[2011. 12. 04]

세상에서 논하기 어려운 주제 중 하나가 종교 아닌가 합니다. 믿음에 관한 문제는 타협할 수도, 그렇다고 일방의 주장을 강요할 수도 없는 참 어려운 영역이기 때문이지요. 그러나 종교의 역할이나 존재 의의에 대해서는 다양하기는 하지만 어느 정도 사회적 컨센서스가 있다고 봅니다. 개인적으로는 그 역할에 대해서 '소금과 베풂'이라는 생각을 가지고 있습니다.

요즘 종교, 특히 개신교에 대한 비판여론이 부쩍 높아져 있어 마음이 무겁습니다. 그 주된 이유가 과연 소금의 역할을 충분히 하고 있느냐는 것이지요. 소금의 역할을 감당하기 위해서는 사회가 썩

지 않고 건강하게 유지되도록 스스로가 부패하지 않고 모범을 보여야 하는데 일부 그러지 못한 경우가 있었음을 부인하기 어렵습니다. 그러나 다수는 소금의 역할을 하기 위해 노력하고 있다는 것도 숨길 수 없는 사실이지요.

베풂에 관해서라면 그래도 종교가 많은 역할을 하고 있음을 받아들여야 한다고 생각합니다. 좀 더 할 수 없느냐는 시각으로 보면 부족할지 모르지만 그래도 종교단체나 종교인들이 세상에 보내는 물적, 정신적 나눔은 상당하거든요. 물론 더 노력해야 한다는 생각은 가지고 있습니다. 큰 건물과 좋은 시설로 더 많은 사람들을 그곳으로 인도하는 노력도 중요하지만 그 자원을 어려운 이웃들에게 베풂으로써 그들의 마음을 움직여 믿음이 자라도록 해야 한다는 생각이지요. 그런 점에서 제가 속한 교회가 이런 방향으로 나아가고 있어 참으로 다행입니다.

오늘 설교 말씀 한 구절을 소개합니다.

"우리끼리 먹고 마시며 즐거워한다면 이는 곧 타락한 삶으로 이어질 것입니다. 하지만 남을 행복하게 만들기 위해 노력한다면 행복한 삶을 살게 될 것입니다. 아내를 위한 호화저택 건축으로 파산지경에 이른 헨리 펠랫의 인생을 살

것인지, 사막을 거대한 숲으로 만든 인위쩐의 삶을 살 것인지는 바로 여러분의 선택에 달려 있습니다." 漢土

아이들과
놀기

[2013. 04. 07]

　완연한 봄입니다. 소풍 가기 딱 좋은 날이지요. 그러고 보면 달포
남짓 전 올해 승진한 법인영업 직원들과 함께할 봉사활동 일정을
이때로 정한 것은 정말 잘한 일 같습니다. 어린 아이들에게도 밖에
서 뛰어 놀기에 좋은 계절이니까요.

　승진을 못한 직원들과 먼저 간단히 식사하면서 위로의 말을 전
한 바 있어서 이제는 승진한 직원들에게도 축하를 전할 때가 되었
습니다. 그냥 회식하는 것보다는 기억에 남고 의미 있는 행사를 하
면 좋을 것 같아 작년 10월에 함께했던 다문화가정 아이들의 나들
이에 따라 나선 것이지요.

사람마다 쉬운 일과 어려운 일이 따로 있다고 합니다. 어떤 이에게는 비 오는 날 군불 땔 때 방에서 등 지지고 있는 것처럼 편한 일이 다른 이에게는 중노동마냥 힘들게 느껴지기도 하는 것이지요. 아이들과 어울리는 것이 그렇다고 합니다. 그래서인지 '아이들과 논다'는 표현을 쓰는 저와 달리 대부분의 사람들은 '놀아준다'고 하더군요. 사실 어린 아이들은 주의력이 부족하여 늘 위험에 노출되어 있습니다. 그래서 아끼고 사랑하는 마음 때문에 어른들은 그들을 지나칠 정도로 통제하려 들지요. 통제가 심할수록 아이들의 저항도 세지기 때문에 통제의 힘도 커지기 마련이고요. 이렇게 상승 작용을 일으키게 되면 아이들과 함께하는 것이 너무 힘들게 됩니다. 아이들과 놀 때는 장소 선정에 가장 신경을 써야 합니다. 주위 상황에 비추어 행동이나 이동의 제약을 최소화 시킬 수 있는 장소를 찾아두는 것이지요. 그리고 그 장소 내에서의 위험요소, 예컨대 깨진 유리, 돌, 날카로운 물질, 장애물 등을 제거합니다. 옮기기 어려운 장애물이 있을 경우에는 그곳에 보호자가 위치해 있습니다. 그리고는 선정된 장소 내에서 마음대로 뛰어 놀게 하는 것이지요. 장소 밖으로 벗어나려고 할 때만 안으로 되돌아 오도록 쫓아가 안내할 뿐입니다. 그러니 놀아주는 것이라기보다는 지켜보는 것이 대부분이라 육체적으로 별로 힘들지가 않습니다. 더군다나 아이들을 유심히 관찰해 보면 어떨 때는 위대함을, 어떨 때는 순수함을,

그리고 가끔은 그들의 놀라운 지혜를 보게 되어 그저 즐겁고 감동이 오기도 하지요.

4월 4일 오전 11시 반경 헤이리 마을 입구에서 9명의 아이들을 맞았습니다. 지난 번 제 파트너였던 미라클은 올해 초등학교에 입학한 탓에 수업 때문에 이번에는 함께 오지 못했다는군요. 너무나 섭섭했습니다만 대신 삼손이라는 아주 어린 친구가 새로이 제 파트너가 되어서 조금은 위로가 되었습니다. 율 브린너를 닮은 아이입니다. (중략)

시간은 너무 빨리 흘러버려 벌써 헤어져야 할 시간이 되어 버렸습니다. 지난 번엔 헤어지기 아쉬워 우는 아이도 있었는데 이번에는 그렇지 않더군요. 다만 삼손은 제 손을 꼭 잡고 놓아주려 하지 않습니다. 손을 살짝 떼어 내며 잘 가라고 손을 흔들어 주었습니다.

매번 그렇지만 이번에도 아이들에게서 기운을 흠뻑 받고 왔습니다. 여러모로 힘든 한 주였는데 그들로 인해 마음을 다잡고 다시 뛰기로 결심하게 된 것이지요. 새로이 승진한 친구들에게도 그러한 시간이었기를 바랄 뿐입니다.

Give,
기부 그리고 팔복

[전북일보 미생 칼럼, 2021. 02. 25]

　선조들의 멋과 풍류가 곳곳에 오롯이 남아 있는 고장인 전주를
흔히들 양반의 도시라고 부른다. 전통과 문화가 살아 숨 쉬는 곳인
만큼 양반이라고 하든 예술교육이라고 하든 이러한 칭송의 언어가
당연해 보인다. 도시 전체에서 느껴지는 이미지만 그런 게 아니다.
도시가 품고 있는 각 고을들의 이름은 더욱 더 매력적이다. 도시마
다 나름 예쁜 이름이 없진 않겠지만 전주는 아름다운 동네 이름이
너무나 많다. 점잖은 동네 냄새가 물씬 풍기는 도덕동, 우아한 사람
들만 살 것 같은 우아동, 만사태평이 떠오르는 태평동, 축복이 넘치
는 팔복동, 마음이 평온해지는 평화동, 효심이 엿보이는 효자동이

그렇다. 그런데 유독 다가오는 이름이 팔복동이다. 오복만 있어도 삶이 차고 넘칠 텐데 팔복이라면 이 얼마나 엄청난 축복인가?

  그래서 팔복 즉 여덟 가지 복을 일일이 찾아서 찬찬히 훑어보니 좀 난해하다. 가장 첫번째 나오는 문장이 '심령이 가난한 자는 복이 있다'는 것이다. 떵떵거릴 정도의 부자라 해도 시원치 않을 마당에 가난한 사람이 복이 있다는 게 도대체 무슨 말인가? 그래서 영어 성경을 찾아보니 'Blessed are the poor in spirit'이라고 되어 있다. 성경적 해석은 좀 다를 수 있지만, 직역하면 마음이 가난한 사람들이 행복하다는 것이다. 그런데도 해석이 쉽지 않아 끙끙대던 와중에, 한 세기를 넘겨 사신 김형석 교수님의 말씀을 우연히 접했다. 행복에 대한 질문에 '절대로 행복할 수 없는 두 부류'로 답하신 내용이다.

  첫 번째 부류는 정신적 가치를 모르는 사람으로 돈과 권력, 혹은 명예욕을 좇는 사람이고, 두 번째 부류는 자기만을 위해 사는 이기주의자라는 것이다. 곱씹어 볼수록 의미심장한 말씀이다. 마음이 헛된 욕심으로 가득 차 있는 사람은 만족할 줄 모를 뿐만 아니라 주위를 둘러보는 아량이나 여유도 없다. 당연히 자기 자신만을 생각하는 이기주의자가 될 가능성이 높다. 이러한 부류는 일시적 행복감은 맛볼지 모르나 지속적인 행복을 누리기는 어렵다. 하지만 마음을 비워 그러한 욕심을 버리고 나면 전혀 다른 삶이 시작된다. 가진 게 적으니 가난해 보이기는 하겠지만, 그 비운 것으로 어려운 이를 도울 수 있게 되니 행복감이 밀려올 것만 같다.(중략)

필자는 개인적으로 영어 단어 중에서 'give'를 매우 좋아한다. 발음도 우리말 기부와 비슷하다. 그런데 이제 더 좋은 단어가 생각났다. Donate이다. 혹 넘칠 정도로 가지고 있는 재물이 있다면 눈 딱 감고 '돈, 에잇!'하고 외치면서 어려운 이웃에게 건네보자. 그러면 '에잇, 복!' 하면서 하늘에서 팔복이 쏟아져 내릴지도 모르니까. 美生

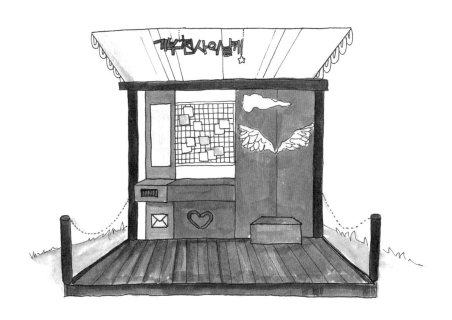

영어 단어 중에서 'give'를 매우 좋아한다.
발음도 우리말 기부와 비슷하다.

신과의
약속

[전북일보 미생 칼럼, 2019. 01. 17]

〈신과의 약속〉이라는 주말 드라마가 있다. 막장의 요소가 전혀 없지는 않지만 억지스럽지 않게 잡아주는 조연들의 절제된 연기와, 종종 앵글에 수채화처럼 담아낸 서정적인 자연풍경이 양념처럼 맛깔스러워 은근 토요일이 기다려지기도 한다. 뜬금없이 '신과의 약속'이라는 거창한 문구를 들먹이는 이유는 새해 첫 달인지라 '신'이라는 경건함과 '약속'이라는 무게감을 느껴보고 싶어서이다.

우리는 살아가면서 수많은 약속을 한다. 특히 신년초가 되면 한 해를 잘 살아내야겠다는 생각으로 조금은 무모해 보이는 다짐을 하고 심지어는 공표하기까지 한다. 작심삼일은 아닐지라도 작심 한두 달인 경우가 대부분이면서도.

　필자에게도 아주 오래된 '특별한 약속'의 기억이 있다. 초등학교 저학년 어느 여름이었을 게다. 풀을 뜯기러 삐쩍 마른 소를 끌고 들에 나갔는데 이 어린 소가 냅다 뛰어서 연한 풀이 있는 논으로 내달리는 게 아닌가? 논두렁에 심겨진 콩잎이라도 먹어 치울라치면 논 임자의 뿔난 얼굴에다가 아버지의 엄한 꾸중까지 더해질 게 뻔했지만, 고삐를 내던지고 그냥 논두렁 주위에 털퍼덕 주저앉아 버렸다. 소가 문제가 아니었다. 그 당시 마음에 돌덩어리처럼 안고 있는 걱정에 비하면 그것은 정말 아무것도 아니었으니까.

　'병원에 있는 어린 동생은 지금쯤 어찌 되었을까?' 막연한 불안감에 떨며 무심한 하늘을 올려다보았다. 그러다 갑자기 두 손을 모으며 혼자 중얼거리기 시작했다.

　"하나님, 제 동생을 살려주세요. 살려 주시면 하나님도 믿고, 어려운 사람도 돕고, 또 착하게 살고…."

　신은 바로 응답을 주지 않았다. 오히려 아이들이 연일 죽어나간다는, 살아 봤자 불구가 될 거라는 소문만 요란했다. 소년은 절망했다.

　신과의 약속을 필자는 오랜 기간 지키지 못했다. 끼맣게 잊고 있었다. 하지만 '신'이라는 단어만 나오면 돌연 논두렁이 생각났던 것을 보면 그 엄중한 약속이 마음 한켠에 체증같이 남아 있었던 모양이다. 그래서인지 약속이 있은 지 스무 해 되던 즈음 처음으로 주님을 만났고, 지금은 거의 매일 새벽 제단을 쌓고 있다.

　어린 동생은 신과의 약속이 있은 몇 달 후 정말 기적처럼 살아서 집으로 돌아왔다. 불구도 되지 않았고, 더 건강해져서 말이다.

　요즘 서울에서 출향 선후배님들을 만나면서 약속이라는 단어를 새삼 무겁고 따뜻하게 느끼고 있다. 연초에 JB포럼 단톡방에 올라온 박노일 선배님의 아너 소사이어티 가입 소식이 그중 하나다. 열일곱에 무일푼으로 무작정 상경하여 빚까지 져가며 사업하다 이제는 소외된 사람들을 돕기로 약속했다는 것이다. 이렇게 과감히 약속을 하고 이미 실행에 옮긴 고향 분들이 주위에 의외로 많다. 전북사회복지공동모금회 김동수 회장이 그렇고, 효녀 가수 현숙, 군장대 이승우 총장, 이규석 선배, 왕기현 선배, 신상환 후배 등이 그렇다. 지난 달 아너 소사이어티 행사장에서 만난 20대의 육육걸즈 박예나 대표의 이야기는 더 감동적이다. 이 모든 선행의 출발점은 기실 누군가와의 약속이었을 것이 또한 분명하다.

　자, '신과의 약속'은 아니더라도 뜻 깊고 아름다운 '자신과의 약속'을 정월이 가기 전에 한번 정해보는 건 어떨까? 🔲

STORY 07

잊혀지고 싶지 않은
또 다른 이야기

신음이 없다고
아픔이 없는 것이 아님을

[하진안(현 한화손보 전략지원실장), 2013. 10. 18]

아파도 신음조차

할 수 없는 것이 있다.

짓누르는 통증에

뒤척이다

뒤틀리고 휘어져

숨소리조차 못 내고

잠시 누웠더니

지팡이 걸쳐 두고

모양 나게 서 있으라 하니

그리 하겠다마는

신음이 없다고

고통이 없는 것이 아님을

알아나 주시게

지지받지 못하는
권력의 위기

[미생 칼럼, 2022. 08. 02]

수년째 최하위권을 맴돌고 있는 한화 이글즈 야구는 그룹 임직원에게는 실망을 넘어서 분노 그리고 심지어 고통이기도 하다. 최근 임직원 몇이 모인 자리에서 거의 성토에 가까운 얘기들이 오갔다. 그중 가장 인상에 남는 말은 '팀이 계속해서 저조한 성적을 거두게 되면 선수들이 어떠한 행위를 하더라도 비난의 대상이 되기 쉽다'는 것이다. 작년 치러진 도쿄올림픽에서 당초 우승 후보이던 우리나라 야구대표팀이 노메달에 그치면서 덕아웃에서 껌을 씹던 모 선수가 집중 비난을 받은 것이 가장 좋은 예라 할 수 있다. 유독 그날만 껌을 씹은 것도 아니고 늘 그리 해오던 일이지만 선수단에 대한 불신이 팽배해지면서 그 선수의 행동이 비난의 표적이 된 것이다. 마찬가지로 계속 역전패를 당하고 있는 한화의 감독이 매번 웃고 있는 것이 이해가 안 된다는 지적도 그 일환이다. 표현도 재밌다. 웃는다는 단어 앞에 '실실'이라는 수식어를 덧붙인다. 이 말은 아주 주관적이다. 마치 올림픽 야구경기 때 껌을 '질경질경' 씹었다는 것과 일맥 상통한다. 이해할 수 없고, 지지하지 못하겠다는 표시를 이렇게 하는 것이다. 그럼 이들이 껌을 질경질경 씹지 않고 굳은 표정으로 뚫어져라 그라운드를 응시했거나, 실실 웃지 않고 비장한 표정으로 화를 냈다면 비난이 없었을까? 그렇지 않다. 다른 이유를 대며 비난했을 것이 분명하다. 성적이 좋지 않은 팀에 대한 분노이자, 일시적 지지 철회의 의사표시라 할 수 있다.

요즘 국가 정책에 대해서도 이런 현상이 벌어지고 있어서 안타깝다. '만5세 입학'을 골자로 한 학제개편안을 대통령께 보고한 교육부장관과, 초중고 12학년제를 유지하되 취학연령을 한 해 앞당기는 방안을 신속히 마련하라고 지시한 것으로 알려진 대통령에게 학부모들의 반대와 비난이 쏟아지고 있다. 시행하려는 제도 자체의 문제일 수도 있지만 필자에게는 지지받지 못하는 권력에게 나타나는 현상 중 하나로 읽힌다. 시난 한 주간의 대통령 지지율을 보면 두 군데 조사에서 30%가 무너진 20%대를 보여주고 있다. 반면 지지하지 않는 국민은 60%가 넘는 상황이다. 그러니 정책에 대한 국민들의 수용도는 낮아질 수 밖에 없고, 제도 시행을 반대하는 사람들의 목소리는 그만큼 높아질 것이다. 제도 도입의 바람직한 취지나 그 시행으로 인한 긍정적 기대효과는 묻히게 되고, 결국 이러한 제도나 정책을 추진할 동력은 사라지게 될 것이다. 비단 이번 사안만 아니라, 작금에 많은 분야에서 이러한 현상이 나타나고 있다. 참으로 바람직하지 않은 일이다. 정부가 국민의 지지를 받지 않으면 이렇게 되는 것이다.

통제되지 않은 권력만큼 지지받지 못하는 권력도 이렇게 위기에 처한다는 것을 보여준 사례다. 그렇다면 왜 이러한 상황이 온 것일까? 출발점은 권력 스스로일 가능성이 높다. 즉 통제되지 않은 권력이 국민 다수의 의견이나 이익을 도외시한 채 독단적으로 일을 처리하고, 그에 따라 민심이 이탈하면서 지지를 잃었기 때문이다. 이를 반복하면서 권력은 스스로 무너지고 있는 것일지도 모른다. 따라서 낮은 자세로 민심의 소리를 경청하고 합리적 방안을 도출하려는 자세를 취하는 움직임을 보이는 것이 문제 해결의 실마리가 아닐까 하는 생각을 해본다. 未生

새해

[2013. 01. 01]

또 다른 한 해가 시작되었습니다. 매양 맞는 새해지만 느낌은 항상 다른 것 같습니다. 설렘보다는 조금은 두렵고 떨리는 마음과 결연함을 가지고 시작하는 2013년 하루가 아니었나 생각되네요.

온 가족이 송구영신 예배를 마치고 새벽 2시에 야식을 먹은지라 11시경에 아침인지 점심인지 모를 식사를 하게 되었지요. 아들이 데이트 약속이 있어 밖에 나간 뒤 아내와 둘이서 가까운 대모산으로 산책을 갔습니다. 대모산은 동네 근처에 있는 낮은 산이어서 등산이라고 말하기보다는 산보라고 하는 게 어울리는 산이지요. 새벽과는 달리 공기가 차갑지가 않더군요. 걷기 시작한 지 얼마 지나지 않아 등이 약간 축축한 느낌을 받는 것을 보면 오늘 낮에는 추위가 많이 가신 것 같습니다.

군데군데 눈을 지치는 아이들이 보입니다. 개포동 아파트 단지를 지나는데 아파트 경사진 곳에서 종이 포대로 미끄럼을 타는 아이들 몇이 보이더군요. 요즘 아이들에게도 저런 면이 있는 걸 보면 예나 지금이나 사람들의 마음은 매 한가지가 아닐까 생각합니다. 대모산을 오르는 중턱에서도 반대편 마을 쪽에서 눈 위를 미끄러져 내려가는 아이들을 볼 수 있었지요. 제법 스키장을 연상시킬만한 긴 거리의 눈 미끄럼틀을 아이들이 만든 것 같습니다. 오늘 하루쯤은 저 아이들에게도 이런 놀이와 휴식이 필요하겠지요. 보는 것만으로도 참 기분이 좋아졌습니다.

산에는 가족들끼리 담소를 나누며 오르는 이들이 대부분이었습니다. 북적대지도 않고 바삐 움직이는 이들도 거의 없는 이곳이 그래서 마음에 쏙 듭니다. 가파르지도 않지만 그렇다고 땀방울 하나 나지 않을 정도로 밋밋하지도 않은 곳이어서 말이지요. 우리네 삶도 이랬으면 좋겠다는 생각을 해봅니다. 특히 각박하게 살아가는 서민들의 삶이 올 한해 이 산과 같았으면 좋겠네요. 아니, 혹 어려운 상황이 지속될지라도 이 산을 오를 때와 같은 마음으로 살아갈 수 있었으면 합니다. 서로 격려하고 용기를 주면서 말이지요.

새해를 맞을 때마다 김종길 시인의 〈설날 아침에〉라는 시가 떠오릅니다.

매양 추위 속에 해는 가고 또 오는 거지만 새해는 그런대로 따스하게 맞을 일이다.

얼음장 밑에서도 고기가 숨 쉬고 파릇한 미나리 싹이 봄날을 꿈꾸듯 새해는 참고 꿈도 좀 가지고 맞을 일이다.

오늘 아침 따뜻한 한 잔 술과 한 그릇 국을 앞에 하였거든 그것만으로 푸지고 고마운 것이라 생각하라.

세상은 험난하고 각박하다지만 그러나 세상은 살만한 곳. 한 살 나이를 더한 만큼 좀 더 착하고 슬기로운 것을 생각하라.

아무리 매운 추위 속에 한 해가 가고 또 올지라도 어린 것들 잇몸에 돋아나는 고운 이빨을 보듯 새해는 그렇게 맞을 일이다.

여러분은 어떻게 새해를 맞으셨나요? 따스하게 맞으셨기를 바랍니다. 그리고 참고, 또 꿈도 좀 가지고 맞으시기를 바라는 마음 간절합니다.

손수건의
추억

[2012. 07. 13]

　104년 만의 가뭄이라고 합니다. 태어나서 지금껏 6월에 가로수가 말라가는 것을 한 번도 본 적이 없기에 괜한 언론의 호들갑은 아니라는 생각이 드네요.

　토요일 새벽 후두둑 후두둑 창을 때리는 소리에 잠을 깨어 보니 반가운 빗소리입니다. 어젯밤부터 시작된 비가 계속되고 있는 것이지요. 오랜 가뭄을 해갈하는 단비인지라 반갑고 고맙기 그지없지만, 훈련의 가장 어려운 관문인 야간행군을 하고 있을 큰아들을 생각하면 대놓고 기뻐하기가 좀 그렇습니다. 아내에게는 과거 제 경험을 들먹이며 오히려 이 비가 행군하는 아들에게도 단비가 될 것이라고 얘기해줬습니다. 그렇게 믿고 싶은지 고개를 끄덕이네요.

비가 오는 양상이 지난 주 황산과 비슷합니다. 황산의 토요일 아침, 비는 정말 그칠 줄 모르고 내렸습니다. 새벽에 일어나 모두들 아침을 먹고 당초 안내한 7시까지 전원이 버스에 탑승했습니다. 그런데 웬일인지 10여 분이 지나도 버스가 출발하지 않네요. 갑자기 가이드가 버스에 올라 저를 찾더니 큰소리로 얘기합니다.

"호텔에 비치된 손 닦는 작은 수건 3개가 없다고 합니다. 총장님께서 찾아서 돌려주세요. 그래야 차가 출발할 수 있습니다."

그리고 없어진 방 호수를 불러주더군요. 물론 제 방도 거기에 포함되어 있었습니다. 이런, 공개석상에서 망신을 당하게 생겼습니다. 얼굴 닦는 수건이나 목욕 타월은 체크하지만 손 닦는 아주 작은 수건을 카운트해서 관리하는 호텔을 본 적은 없었는데 정말 난감하더군요. 그렇다고 제가 그 손 닦는 수건을 챙긴 것은 절대 아닙니다. 같이 방을 쓴 동료에게 이 어색한 상황을 떠넘기기라도 하듯이 큰 소리로 묻습니다.

"한 사장. 혹 수건 어디다 두었는지 알아?"

"화장실에 다 두고 나왔는데요. 메이드가 못 찾는 것 아닌가요?"

한참을 이리저리 확인하고 있는데, 구원의 목소리가 들립니다.

"아, 시간도 없는데 언제 그것 찾습니까? 없어진 3개 값 계산해

주고 그냥 출발합시다."

모두들 그러자고 합니다. 2천 원씩 6천 원을 계산하기로 하고 차를 출발시켰지만 찜찜함은 지울 수가 없더군요. 차 안에 있는 어느 누구도 수건을 가져간 사람을 비난하지 않고, 중국 호텔이 정말 이상하다는 둥, 산에 오르니 땀 닦는 수건으로 쓰려고 가져올 수 있지 않겠느냐 둥 그저 관대한 태도를 보여줍니다. 한번쯤은 그러한 경험이 있는 사람들처럼 말입니다.

그 사건은 그냥 에피소드로 묻힐 뻔했습니다. 그런데 케이블카를 타기 위해 줄을 서는 와중에 조삼현 JMC 대표이사님이 손가방을 열더니 그 작은 손수건을 꺼내면서 좌중에게 고해성사를 하더군요.

"나 쪽팔려 죽는 줄 알았어. 그냥 세미나라고 해서 아무 준비도 없이 손가방만 달랑 들고 왔는데 등산을 한다는 거야. 그래서 등산 중에 땀이나 닦으려고 호텔에서 작은 수건을 하나 챙겨 왔어. 이것이 문제가 될 줄 몰랐어."

그러면서 이마에 흐르는 땀을 연신 훔치는 것이었습니다. 훔친(?) 수건으로 이마를 훔치는 모습이 정말 어린애같이 맑아 보이더군요. 그러면서 얘기를 덧붙입니다. 황산 산행도 그냥 케이블카 타고 올라가 산 정상에서 산 아래 구경하고 내려오는 줄 알고 등산화나 운동화도 안 챙겨 오고 그냥 구두 신고 왔다는 겁니다. 그런데 케이블카 내려서도 4시간 등산을 해야 한다는 사실을 현지에서 듣고는 걱정이 되었다는 겁니다. 그래서 일이 이렇게 된 것이지요. 수건 가져왔냐는 질문을 받았을 때는 가슴이 콩닥해서 눈길 피하며 딴전을 피웠다고 합니다.

아무튼 그분의 용기 있는 고백을 들으면서 모두들 박장대소를 하였고 각자의 주석을 곁들이느라 1시간의 대기시간이 전혀 지루하지 않았습니다. 물론 제 찜찜함도 일거에 해소되었지요.

그런데 그 주인공의 작은 손가방에 이상이 생겼습니다. 땀을 닦고 수건을 그 손가방에 넣자 하얀 색깔이 비치는 것입니다. 알고 보니 지갑과 휴대폰 정도만 들어가야 할 작은 손가방에 우비에, 작은 수건까지 무리하게 우겨넣다 보니 그만 그 명품 손가방이 찢어지고 만 것이지요. 2천 원짜리 수건 때문에 수십만 원짜리 가방이 망가진 것이지요. 또 한 번 좌중은 웃음바다로 바뀌었습니다.

각종 행사가 있을 때면 그분은 후원을 아끼지 않습니다. 그 날 저녁에도 맛있는 저녁을 저희 일행에게 대접하느라 수건 값의 250배에 해당하는 비용을 부담하실 정도니까요. 등산 중 비 맞을까 봐 우비도 사주시고 말입니다.

앞으로 한동안 그분은 저희에게 많은 대화거리를 제공해줄 것

같습니다. 수건, 가방, 우의, 구두, 산, 호텔, 땀, 비, 심지어 케이블카
를 볼 때도 말입니다. 🔲

훔친(?) 수건으로 이마를 훔치는 모습이
정말 어린애 같이 맑아 보였다.
2천 원짜리 수건 때문에 수십만 원짜리 가방이 망가져도.

징크스

[2012. 08. 06 그리고 2022. 12. 03]

  무슨 일을 하면서 우리는 가끔 '징크스'를 만들곤 합니다. 징크스는 재수 없고 불길한 현상에 대한 인과관계적 믿음을 일컫는데 이것은 오랜 시간에 걸쳐 집단 또는 개인에게 형성된 것이어서 무시하기가 쉽지 않습니다.

  동서고금을 통해 정도의 차이는 있지만 이러한 징크스가 존재하였는데 서양에서는 '13일의 금요일', 우리나라에서는 '4'라는 숫자를 꺼려하는 것도 이런 현상이라고 할 수 있지요. 때로는 징크스가 차별을 정당화하는 수단으로 사용되기도 했습니다. '이른 아침 여성이 앞을 가로질러 가면 하루 종일 재수가 없다'는 터무니없는 징크스를 들먹이며 여성들의 활동을 제약했던 일이 우리나라에서 불과 30~40년 전에 흔했던 일이지요. 서양에도 '빨간 머리 여성'이라는 비슷한 징크스가 예전에는 있었다고 들었습니다.

　스포츠에서 특히 징크스가 많은 것 같습니다. 이 같은 징크스 때문에 중요한 경기를 앞두고는 면도를 하지 않는 감독이 있는가 하면 며칠씩 속옷을 갈아입지 않는 선수도 있다고 하더군요. 요즘 제가 그런 것 같습니다. 런던 올림픽 내내 제 나름의 징크스는 지속될 것 같은 느낌이고요.

　2012년 8월 5일 새벽에 벌어진 영국과의 축구 8강전에도 그랬습니다. 유독 중요한 축구 경기에서는 제가 처음부터 경기를 시청할라치면 패배를 하더군요. 일종의 저만의 징크스가 생긴 것이지요. 물론 징크스라기보다는 애당초 엄연히 존재하는 실력의 차이를 애써 무시하고 막연한 기대를 대입시켜서 생기는 일이지만 말입니다. 그래서 중요한 경기는 중간부터 관전하는 습관이 생겼습니다. 처음부터 경기를 봐야 흐름도 알고 재미 있는데 우리 팀이 승리하기를 바라는 간절함 때문에 그러지 못하는 것이지요.

　예선 세 경기에서 그런 것처럼 영국전도 경기가 시작되고 20여 분이 지날 때부터 시청했습니다. 예상과 달리 우리나라 선수들이 너무 경기를 잘 풀어 나가더군요. 그리고 경기를 시청하고 나서 불과 몇 분이 되질 않았는데 지동원 선수가 정말 멋진 골을 성공시켰습니다. '역시 처음부터 안 보길 잘 했어'라는 생각을 하고 있는데 콜롬비아 심판이 어이없는 패널티킥을 선언하는 것이 아니겠습니까? 결국 동점이 되고 곧바로 또 명백한 오심으로 보이는 패널티킥이 다시 선언되었지요. 다행히 정성룡 골키퍼의 선방으로 두 번째 골은 허용하지 않았지만 놀란 가슴을 쓸어내려야 했습니다.

'이런, 너무 일찍 경기를 시청한 것이 이러한 화근을 부른 것이 아닐까?' 하는 불길한 생각이 들어서 전반을 마치고 아예 TV를 껐습니다.

경기가 끝날 즈음인 새벽 6시쯤 '결국 지고 말았구나' 하고 TV를 켰습니다. 그런데 이게 웬 일입니까? 연장까지 승부를 가리지 못해 승부차기까지 왔더군요. 그래서 양 팀 선수들이 막 킥을 시작하려 하고 있었습니다. 가슴이 다시 콩닥거리기 시작하더군요. 그래서 다시 킥 하는 장면을 번갈아 가며, 보다 안 보다 반복하였습니다. 온전히 보다 또 질 것 같았거든요. 결국 극적인 승부차기 승으로 우리나라가 올림픽 4강에 오르게 되었습니다만 아직도 마음에 무거운 징크스는 내려놓질 못했습니다.

10년이 지난 이번 2022년 카타르 월드컵에서도 그 징크스는 계속되고 있습니다. 예선 첫 경기인 11월 24일 우루과이전은 아예 처음부터 보지 않았습니다. 예상과 달리 우리나라가 선전을 하면서 0:0 무승부가 되었지요. 그래서 11월 28일 가나전도 시청 안하려고 드라마 채널 켜놓고 보는 둥 마는 둥 하고 있었습니다. 그런데 둘째 아들이 '아버지의 시청 여부가 승부와 무슨 상관이 있느냐?'며 살살 꼬드기는 바람에 전반 20분쯤 채널을 돌려 시청하게 되었는데 불과 몇 분 만에 한 골을 먹고, 추가 실점까지 하고 말았습니다. 급히 채널을 다시 드라마 쪽으로 바꿔 놓았지만 승부를 뒤집기는 역부족이었지요. 결국 2:3 패배였습니다. 그래서 12월 3일 포르투갈전은 아예 TV 쪽 얼씬도 안하려고 일찍 오지도 않는 잠을 청했습니다. 결과는 강호 포르투갈을 2:1로 이기고 극적인 16강 진출을 이루어 냈지요. 저의 눈물겨운 애국심이 자랑스럽긴 하지만 지긋지긋한 징크스는 여전히 떨쳐내지 못하고 말았습니다.

자신이 생각하는 징크스가 맞든 틀리든 앞으로도 쉽게 이것을 극복하진 못할 것 같습니다. 그래도 부담스럽거나 괴롭진 않습니다. 어찌 보면 이것 자체가 우리나라가 이기기를 바라는 간절한 마음의 또 다른 표현일지도 모르기 때문입니다.

혹 여러분도 저와 같이 이런 징크스 하나는 가지고 있지 않나요? 가끔씩은 기준이 흔들리는 징크스라도 말입니다^^ 끝

불꽃축제

[2012. 10. 07]

　사랑하는 사람들과 함께하는 것은 가슴 설레는 일이지요. 특히 어디론가 함께 구경을 떠나는 것은 더욱 그렇습니다. 그러나 너무 멀리 가거나 밤을 새는 일은 여러 가지 제약이 따라붙게 되지요. 이걸 단박에 해결해주는 것으로 저는 불꽃 구경을 추천합니다. 젊은 연인들에겐 특히 그렇습니다. 장소를 시비할 사람도 없고, 밤에만 가능한 불꽃 행사라 늦은 귀가를 탓하기도 어렵기 때문이지요.

　물론 그것 때문만은 아닙니다. 밤하늘을 아름답게 수놓는 연화의 감동은 정말 오랫동안 기억에서 지워지지 않는 법이지요. 더군다나 불꽃을 쏘는 곳 바로 아래에서 구경해본 분은 아시겠지만 하늘 위에서 자신의 가슴을 향해 쏟아지듯 터져 오는 불꽃의 황홀함은 심장을 멈추게 할 지경이지요.

옛날에는 이런 불꽃 쇼를 구경하기가 쉽지 않았지만 요즘은 각 지역마다 크고 작은 불꽃 행사를 진행하기도 하고 각종 축제의 피날레를 불꽃으로 장식하기도 합니다. 한 번 구경하면 그 다음에는 안 올 법도 하지만 그 매력에 빠진 사람들이 다시 찾아서인지 불꽃 행사는 매번 많은 사람들을 운집하게 하는 것 같습니다.

어제는 서울 세계불꽃축제가 여의도에서 있었습니다. 우리나라 불꽃 행사 중 가장 규모가 큰 것으로 제가 속한 한화그룹에서 후원하는 행사인데 벌써 열 번째를 맞이했네요. 2000년 처음 시작할 때부터 가까이서 그 행사의 준비 과정을 지켜보았고 직접 행사에도 참여했던 터라 그에 따른 추억도 많고 애정도 남다른 것이 사실입니다. 직접 가지 못하더라도 지인들에게 구경하기를 권유하고 실제 매년 초청장을 보내기도 하였지요. 다녀온 분들의 반응은 대체로 극찬 일색이었습니다.

올해도 몇 분을 행사에 초대했습니다. 젊음과 호흡하기를 원하는 분들에겐 콘서트 자리로 초대를 했고 불꽃 구경만을 원하는 분에겐 한강 바로 옆에 마련된 자리로 초대를 했습니다. 물론 대단한 자리는 아니고 불꽃 쇼 연출 지역 부근에 펜스를 치고 이동식 의자를 가져다 놓은 좌석이지요.

초대를 해놓고 코빼기도 비치지 않는다는 핀잔을 들을까 두려워 오후 4시 반경 아내와 함께 부랴부랴 집을 나섰습니다. 올림픽대로를 타기 전부터 길은 이미 정체가 시작되어 은근 걱정이 되더군요. 우여곡절 끝에 여의도까지 입성하고 보니 6시가 넘었습니다. 차를 회사에 주차하고 나서는데 구경 온 사람들로 인도 차도 할 것 없이 가득하네요. 인파를 헤집고 행사장 근처까지 도착하는 데는 또 40여 분이 걸렸습니다. 초대한 분들에게 연락을 하려고 전화, 문자 모두 시도해 보았지만 송수신 불가입니다. 구경 온 분들이 백만 명이 넘어서 생긴 현상이라고 하네요.

이리저리 둘러보아도 초대한 분들을 찾을 수가 없습니다. 행사는 벌써 시작되고 있어서 찾기를 포기하고 그냥 아내와 둘이서 마음 편하게 불꽃 쇼를 구경하기로 했네요. 이탈리아 팀이 스타트를 끊었는데 처음부터 대단하더군요. 10여 년 전에 비해서 기술적인 면에서나 연출 면에서 모두 비약적인 발전을 하였다는 것을 알 수 있었습니다. 이어진 중국, 미국 팀 모두 갈수록 더 웅장하고 화려한 불꽃 쇼를 보여주었습니다.

사회자의 지적처럼 앞 세 팀의 쇼가 너무 대단해서 조금 걱정이 되더군요. 주최측인 대한민국 대표 한화팀이 혹 덜 감동을 주면 어떡하지라는 쓸 데 없는 걱정 말이지요. 역시 기우였습니다. 시작부터 우리 팀은 엄청난 물량 공세와 화려한 연출로 감동을 준 것이지요. 마포대교를 따라 흘러내리는 불꽃의 향연, 나이아가라 쇼가 끝나고 나서도 하늘에서 연신 터지는 불꽃은 정신을 차리지 못하게 할 정도였습니다. 전에 없던, 하늘을 날아다니는 '불꽃 새'는 또 다른 볼거리였습니다. 몇 년째 불꽃 축제 사회를 보는 MC도 흡족한 표정으로 역시 우리 팀이 대단하다는 멘트를 하더군요.

행사가 끝나고 집에 돌아오는 과정도 쉽지는 않았습니다. 그 많은 인파를 헤치고 나와야 했으니까요. 그러나 돌아오는 길이 짜증스럽지도, 피곤하지도 않았습니다.

10시가 넘어서 통신이 터지게 되자 문자가 하나 들어오더군요.

"덕분에 화려한 불꽃놀이와 멋진 추억 만들고 모두 안전하게 귀가하고 있어요."

초대받은 분들이 구경 잘하고 간다는 메시지를 보낸 것입니다. 뭔가 해냈다는 뿌듯함과 안도감이 함께 몰려왔습니다.

아직도 불꽃 쇼를 직접 가지 못했다고요?

그렇다면 내년에는 놓치지 마세요. 하늘이 높고 푸른 가을밤에 열리는 행사입니다. 사랑하는 가족들과 함께 돗자리 하나 들고 김밥 몇 줄에 생수 하나씩 들고 직접 여의도로 나들이하는 것이지요.

그리고 하늘에서 숨 쉴 틈 없이 쏟아지는 황홀한 추억을 가슴 가득히 담아 오시기만 하면 됩니다. 끝

친절한
경찰씨

[2012. 03. 15]

"경찰이 그렇게 한가한 줄 알아? 경찰인 내가 자전거 도난당해도 신고 안 하고 그냥 본인 책임이라고 생각하면서 감수한단 말이야."

식당에서 지갑을 분실해서 혹 찾을 방법이 없을까 하고 자초지 종을 친구에게 말했더니 대뜸 나오는 반응이 이렇습니다. 뭔가 해 결책을 기대했던 저로서는 오히려 당황스럽고 불쾌한 마음까지 들 어 '알았다'고 퉁명스럽게 대답하면서 얼른 전화를 끊어버렸습니 다. 경찰 고위직인 후배에게 문의했을 때는 '경찰이 하는 일이 바로 그런 일 아니겠습니까?' 하면서 사건이 빌생된 곳에서 가까운 지 구대나 경찰서를 찾아가 신고하라고 했거든요. 그런데 막역하다고 생각한 친구의 반응은 정말 의외였습니다.

　지갑 분실 상황도 그렇지만 분실한 이후의 과정이 영 개운치 않았습니다. 저녁식사를 하고 계산을 하려고 하는데 상의 왼쪽 주머니에 넣어둔 지갑이 통째로 없어졌더라구요. 사무실에 두고 오지 않았을까 하는 생각이 순간 들었지만 식당 화장실에서 지갑을 열어본 기억이 나서 분실 또는 도난이라는 결론을 내렸습니다.

　앉은 자리 주변과 화장실까지의 이동 경로를 샅샅이 뒤졌지만 지갑은 찾을 수 없었지요. 혹 지갑이 나왔을까봐 이튿날 식당을 다시 찾아 갔지만 나오지 않았다고 합니다. 다만 CCTV가 설치되어 있고 제가 앉았던 자리를 바로 비추고 있어서 뭔가 단서를 찾을 수는 있을 거라고 하더군요. 그런데 주말이라 기기 작동 전문가가 없으니 월요일에 오라는 것입니다. 어쩔 수 없지요. 그래서 기다렸습니다. 찾을 수 있겠다는 기대를 가지고 말이지요. 월요일에 다시 식당에 연락을 하니, 올 필요가 없다는 것입니다. 불행히도 전기코드가 빠졌는지 사건 전날 오후부터 전혀 녹화가 되지 않았다는 것이지요. 참으로 난감한 일이 아닐 수 없었습니다. 그래서 경찰에 근무하는 지인 두 명에게 해결책을 문의하게 된 것인데 반응이 이렇게 전혀 달랐습니다.

　답답한 마음에 아내와 상의를 했더니 어차피 신분증 분실 신고도 할 겸 가까운 지구대로 직접 찾아가보자고 하더군요. 그래서 핀 잔 들을 생각하고 찾아갔습니다. 저녁 늦은 시간이라 모두 순찰을 도는지 세 명만 자리에 있는데 모두들 바쁜 업무를 처리하느라 정 신이 없더군요. 잠시 기다리고 있었더니 경찰관 한 명이 무슨 일이 있으시냐고 친절하게 물어오는 것입니다. 그래서 지금까지 벌어진 일을 설명하여 주었지요. 대화가 다 끝나기도 전에 긴급 전화가 걸 려와서 그 일을 먼저 처리하라면서 기다렸습니다. 그랬더니 막 다 른 일을 처리한 듯한 책임자가 나와서 저와의 대화를 이어가는 것 입니다. 신기하게도 지금까지 나눈 대화를 다 들어 알고 있다면서 이런저런 방안을 제시하더군요. 아마 학교 다닐 때 라디오 들으면 서 공부하고도 성적이 좋았던 사람이거나 아니면 경찰이라는 직업 이 이런 능력을 키우게 만들었을 것 같습니다.

친절한 경찰 덕분에 난생 처음 경찰차를 타보았습니다. 뒷자리 차문은 안에서 열 수 없다는 사실도 처음 알게 되었고요. 제가 개 인적으로 품은 의구심을 현장에서 하나하나 확인해주는 경찰관을 보면서 그냥 가슴이 뻥 뚫렸습니다. 오히려 민생치안에 바쁜 경찰 에게 이런 번거로움을 주는 것이 미안하다는 생각까지 들었습니 다. 비록 확실한 난서를 잡은 깃도 아니고, 도난당한 지갑을 찾을 길도 없어 보였지만 마음이 든든하고 편안해졌습니다.

지구대 밖까지 나와서 배웅해주는 경찰관을 바라보면서 불현듯 친구와 후배의 전혀 다른 두 반응이 모두 가능하겠다는 생각이 들더군요. 국민의 재산과 안전을 지켜줘야 할 경찰이기에 당연히 도난이나 분실 사건을 적극적으로 처리해줘야 한다는 경찰 고위직 후배의 말도, 이렇게 분주히 움직이는 경찰들을 조금이라도 생각한다면 본인의 부주의로 인해 발생되는 자그마한 불이익은 스스로 감수하는 자세가 필요하다는 경찰 실무자 친구의 말씀도 참으로 귀담아 들어야 할 것 같습니다.

　그리고 정작 중요한 것은 본인의 안위와 재산은 스스로 챙겨야 한다는 것 아닐까요? 未生

되돌아온
지갑

[2012. 03. 22]

"지갑을 습득하여 보내려 하니 전화주세요."

지난 토요일 오전 9시가 조금 넘은 시간, 고객과 운동을 하고 있는데 이런 문자가 제 휴대폰에 뜨더군요. 반갑기도 하면서 한편으로는 걱정도 되었습니다. 진짜 제 지갑을 갖고 있는 사람이 문자를 보낸 것인가 하는 의구심이 좀 들었거든요.

잠시 후, 문자를 보낸 분에게 전화를 걸었습니다. 바로 전화를 받더군요. 그냥 점잖아 보이는 사람의 목소리였습니다. 적이 안심이 되었지요. 지갑에 있는 내용물을 자세히 물어보니 현금을 제외하고는 그대로인 것 같았습니다. 묻지도 않았는데 지갑을 발견했을 때는 이미 현금은 하나도 없었다고 하더군요. 당연한 일 아니겠습니까? 제 지갑은 분실한 것이 아니라 도난당한 것이니까요.

지갑을 발견한 장소를 물어보니 도봉구 방학동이라고 합니다. 송파구 잠실동 식당에서 없어진 지갑이 일주일 만에 멀리 방학동까지 가게 된 것이네요. 그래도 폐기되지 않고 돌아오게 되었으니 참 다행이다 싶었습니다. 비록 분실한 카드는 죄다 신고하고 이미 재발급을 받은 터라 별 실익은 없지만, 누군가가 그것을 나쁘게 사용해보려는 유혹을 사전에 막아준다는 점에서 다행인 것이지요. 어떻게 전달해야 할지를 그분이 물어왔습니다. 제가 멀리 춘천에 있으니 퀵 서비스를 불러서 저희 집으로 보내 달라고 요청했지요. 마침 제 명함과 신분증이 지갑에 있는 터라 그 분은 저희 집으로 보내겠다며 주소를 재차 확인하더군요. 그리고는 한참을 망설이는 것 아니겠습니까? 제가 지갑 되찾았다는 생각만 했지 감사 표시를 안 했다는 사실을 그제서야 깨닫고 감사 인사를 드렸지요. 그랬더니 그분이 그러더군요.

"사례금을 좀 보내주시면 안 되겠습니까? 바쁘신 것 같은데 운동 끝나고 다시 통화하시지요. 지갑은 그 이후 보내드리겠습니다."

함께 운동하는 동반자들에게 자초지종을 얘기했더니 모두들 사례금을 줄 필요가 없다는 반응이었지요. 습득한 지갑을 가까운 경찰서에 신고하거나 우체통에 넣으면 될 일이지, 현금이 하나도 남아 있지 않은 지갑임을 확인하고서 이렇게 본인에게 전화해서 사례금을 요청하는 것은 옳은 처신이 아니라는 것이었습니다. 심지어는 그 사람이 지갑 훔친 사람이 아니냐고 흥분하는 분까지 있더군요.

그러나 운동을 하는 와중에 곰곰이 생각해보니 그분이 나쁜 사람같이 느껴지지는 않았습니다. 그냥 버리면 되지, 굳이 본인을 찾아 연락한다는 것은 선한 의도가 아니면 할 수 없는 일이거든요. 그래서 당초 도난 신고를 접수시켰던 경찰서 지구대에 전화를 해서 자문을 구했더니 과한 금액이 아니면 사례를 하는 것도 좋은 방법이라고 얘기해주더군요. 그래서 바로 그분께 전화를 했습니다.

"5만 원 보내드리면 되겠지요? 제 지갑은 지금 바로 저희 집으로 착불로 보내주세요."

경찰에 신고해서 그 사람이 혹 절도범이 아닌지 조사시키라고 흥분하시던 모 항공사 임원도 일 처리 과정을 지켜보더니 참 잘한 결정 같다고 얘기해주었습니다. 옛말에 '도둑맞고 죄 된다'는 말이 있는데 하마터면 그럴 뻔한 것이지요.

그날 오후, 도저히 찾을 수 없을 것이라고 생각하던 그 지갑이 다시 제 수중에 돌아왔습니다. 물론 자신의 이름과 계좌번호까지 공개해준 그 분에게는 사례금이 송금되었고요. 지금 생각해 봐도 정말 적정한 금액을 택한 것 같습니다. 서로가 적당히 고마워할 수 있는 액수로 생각되니까요.

이번 지갑 분실 사건으로 적잖은 금전적 손실을 입었습니다. 하지만 그 못지않게 많은 것을 생각하고 또한 배웠습니다. 그런 면에서 보면 수업료치고는 꽤 저렴한 수업료가 아니었나 생각합니다.

그러나 싼 수업료라고 덥석 이런 경험을 할 필요는 없습니다. 저 하나만으로 충분하니까요^^ 完

팽목항의
슬픔

[2014. 05. 05]

　팽목항, 전에는 한 번도 들어보지 못한 이 항구가 올해 우리의 가슴을 먹먹하게 합니다. 그리고 오랫동안 가슴을 아리게 할 것 같습니다. 아직도 돌아오지 않는 아들을 기다리는 엄마의 인터뷰를 보면서 울컥하고 말았습니다. 살아서 돌아오기를 바라는 것도 아니고, 세찬 파도에라도 떠밀려오면 집에 데려가 하룻밤 재우고 보내고 싶다는 바램이 목을 메이게 합니다.

　슬픔도 말라붙나 봅니다. 보름이 지나면서부터 서서히 일상으로 돌아가고 있는 저 자신을 보면 그렇습니다. 아직도 저렇게 넋을 놓고 기다리는 부모가 있는데도 말이지요. 그러나 같이 아파하고 슬퍼하는 사람이 여전히 많음을 보고는 세상이 팍팍하지만은 않다는 것을 문득 깨치곤 합니다.

지난 수요일, 4월이 가기 전에 떠나가는 어린 영혼들을 위로해야겠다는 생각으로 서울시청 앞, 그리고 안산 화랑유원지 분향소에 갔습니다. 서울시청 앞 분향소에는 안산과 달리 분향 장소가 좁아서 길게 줄이 이어져 있더군요. 반 시간 남짓 기다려서야 조문을 할 수 있었습니다. 혼자 간지라 조문객들이 남긴 추모글들을 읽으면서 바로 앞줄에 서있는 사람 뒤만 따라 이동하고 있는데 갑자기 훌쩍이는 소리가 들립니다. 두리번거리며 소리를 쫓아가보니 바로 제 옆에 서 있는 젊은 여성이네요. 아무리 보아도 유가족으로 보이지는 않았습니다. 인근에서 쇼핑을 하고 온 듯 왼손엔 쇼핑백을 들고 있었으니까요. 슬픔을 주체할 수 없는 가운데 애써 울음을 참는 모습이 역력했습니다. 깁스 붕대를 한 오른손으로는 연신 흐르는 눈물을 훔치고 있는 걸 보면 말이지요. 손수건을 건넬까 하다가 그만두었습니다. 그 슬픔을 차마 방해하고 싶지가 않았기 때문이지요. 줄지어 서서 이동하는 내내 그녀는 그렇게 훌쩍이며 눈물을 찍어냈습니다. 조문을 마치고도 그 흐느낌이 오랫동안 뇌리에 남았습니다. 그리고는 오늘 이렇게 자문하게 되네요.

'난 얼마나 이 슬픔에 동참하고 있는 걸까, 그리고 얼마 동안 이 아

품을 같이할까, 아니 가엾은 이 어린 영혼들을 얼마나 오랫동안 기억하게 될 것인가?'

진정으로 이웃의 비극을 슬퍼하며 아파하는 그분으로 인해, 간단히 조문만 하고 오려던 제가 노란 리본을 받아 들었습니다. 그리고 이렇게 써 내려 갑니다.

'미안하다. 너희를 잊을까 두렵다, 너희들이 잊혀질까 두렵다.'

'미안합니다. 여러분을 잊지 않겠습니다. 영원히.'

모두들 비탄과 분노에 갇혀 지내라고 강요할 수는 없겠지요.

그러나 절대로 잊어서도, 잊혀져서도 안 된다는 것은 분명합니다. 비록 그 슬픔에서 멀리 벗어나 있을지라도 말이지요. 🎦

간절함은 절박함의
또 다른 모습이다

[2022. 05. 04]

"살아계신 주, 나의 참된 소망. 걱정 근심 전혀 없네~~~~."

흘러나오는 찬송 소리에 맞춰 가사를 따라하면서도 그것이 주는 의미와는 전혀 딴판으로 가슴은 그저 답답할 뿐입니다. 어디서 일이 잘못된 것인지, 아무리 생각해도 이해가 되지 않을뿐더러, 법무법인에서 예상한 손실 금액을 생각하면 억장이 무너집니다.

3개월 전, 이번 계약을 수주할 때만 해도 회사는 축제 분위기였습니다. 회사 입장에서는 단일 건으로 역대 최대의 수주 계약을 따낸 것이니 당연히 그럴 수밖에 없었지요. 우리가 쟁쟁한 경쟁자를 물리치고 우선협상자로 선정된 후, 발주자인 미국의 계약 담당관 (Contracting Officer) 일행이 실사를 겸해 63빌딩 본사에 찾아왔습니다. 사업본부장이 응대해도 충분했지만 굳이 대표이사인 제가 나섰습니다. 궁금한 사항에 대해 제가 직접 설명도 해주고 사무실 안내까지 해준 게 인상적이었던지 그들은 매우 흡족한 표정을 짓고 돌아갔지요.

그런 그들이 왜 갑자기 태도를 바꾸어 이번 계약 이행을 방해하고 있는지 이유를 모르겠습니다. 그간 논의 과정에서 양사간 이견이 전혀 없었던 것은 아니지만 그것은 상호 신의성실에 기초하여 잘 풀어나갈 일이지, 계약 불이행으로 인한 계약해지 운운할 일은 아니었거든요. 우리측에서 먼저 계약 파기를 하고 싶어도 미정부 조달계약 상 그것도 어렵더라구요. 설상가상 회사가 부담할 금액이 최악의 경우 계약금액의 20%에 이를 수도 있다는 법률 검토가 나왔습니다. 연일 대책회의가 이어졌지요. 귀가는 늦어지고 출근은 빨라졌습니다. 문제가 점점 더 꼬여가면서 잠을 제대로 잘 수가 없었습니다. 한 시간의 숙면도 취할 수 없게 되더라구요. 눈을 좀 붙이려고 해도 걱정이 앞서서 그런지 잠이 들지 않는 것입니다. 평생 남의 일로만 생각했던 불면증이 어느새 일상이 되어버린 것이지요. 회사 일로 인한 걱정에 더해 불면증과도 싸워야 하는 최악의 상황이 되어버린 것입니다.

그즈음 이런 문자를 받았습니다. 목사님께서 보내주신 것이지요. "아무것도 염려하지 말고 오직 모든 일에 기도와 간구로, 너희 구할 것을 감사함으로 하나님께 아뢰라. 그리하면 모든 지각에 뛰어난 하나님의 평강이 그리스도 예수 안에서 너희 마음과 생각을 지키시리라."

평소에 그리 와닿지 않던 이런 말씀이 그날 따라 마음에 박히는 느낌이었습니다. '바로 이거다'라는 생각에, 코로나로 인해 한동안 중단했던 새벽기도를 그 즉시 아내와 함께 다시 시작했습니다. 간절함은 절박함의 또 다른 모습 같습니다. 간절한 기도는 이틀 만에 응답을 가져왔지요. 상대가 갑자기 태도를 바꾸어 우호적인 조치를 하였으니까요. 일이 일사천리로 잘 풀리는 듯 했습니다.

그러나 그것도 잠시, 일주일 후에 파국 상황이 닥쳤습니다. 계약 상대가 또다시 돌변하여 일방적으로 우리 회사의 귀책 사유로 인한 계약 해지를 통보한 것이지요. 더군다나 손해배상까지 청구하겠다는 내용을 접하고는 아연실색할 수밖에 없었습니다.

기도로는 부족한 것 같았습니다. 간구도 필요해 보였습니다. 그래서 간절히 구하며 기도했습니다. 일을 잘 해결할 수 있도록 지혜를 주시라고요. 그리고 우리를 힘들게 하는 상대의 마음을 온유하게 해달라고요. 그러는 사이 사안을 바라보는 시각도 바뀌게 되었습니다. 자신의 힘으로 문제를 해결할 수 있다는 교만한 마음을 내려놓게 된 것이지요. '일의 성공은 우리의 노력만으로는 충분치 않다. 물론 일을 해결하기 위해 최선을 다해야 한다. 그러나 결과는 신의 영역이다'라고 말입니다.

이렇게 자신이 바뀐 후 희한하게도 기도할 때마다 아이디어도 주시고, 방법도 알려주시고, 통찰력도 주시더군요. 수면 부족으로 몸은 피곤했지만 덕분에 마음은 아주 편해졌습니다. 그리고 하나씩 실마리가 풀리기 시작했습니다.

새벽기도를 재개한 지 4개월이 지날 때쯤, 참으로 기적 같은 일이 벌어졌습니다. 상호 아무런 손실도 발생시키지 않고 계약을 종료하는 것으로 매듭지어진 것이지요. 어느 누구도 이런 결론이 날 것이라 예상하지 못했습니다. 그러나 선한 계획을 세우시고 실행하시는 분을 굳게 믿으면서, 각자 자신이 맡은 일에 최선을 다하니 결국 여기에 이르게 된 것이 아닐까 생각합니다.

"살아계신 주, 나의 참된 소망. 걱정 근심 전혀 없네~~~~."

오늘 유난히 이 대목이 마음에 쏙 들어오네요. 🈁

처음과
끝

[2014. 01. 13]

    칠순을 맞은 장모님을 위해 지난 주말 처가 식구들이 다 함께 대
천 리조트에 모여 축하드리는 시간을 가졌습니다. 장인어른과 함
께하는 해외여행을 권유 드렸지만 당신의 자식 모두를 동반하지
않는 여행이 무슨 재미겠냐며 전국에 흩어져 사는 자손들이 모이
기 좋은 장소에서 한 이틀 쉬자고 해서 이리 된 것이지요. 전날 밤
늦게까지 이야기 꽃을 피우던 식구들이 아침에 일찍 일어나지 못
하는 사이 아내와 함께 숙소를 몰래 빠져나와 해변을 산책했습니
다. 맑은 하늘을 기대했으나 하루 종일 흐린 날씨가 이어졌습니다.
저녁 무렵이 되어서야 어디선가 일몰 장면이 너무나 아름답다고 외치는 소리가 들리더군요. 본능적으로 베란다로 향하게 되었습니다. 바다를 바라보니 참으로 멋진 광경이 연출되고 있었지요. 멀리 보이는 작은 섬 뒤로 해가 뉘엿뉘엿 지고 있는 사이 낙조가 바다에 반사되어 해와 섬과 함께 정확히 일직선을 이루게 된 것입니다. 그 장면이 일출인지 일몰인지 사진으로는 구별하기는 어려워 보이네요. 어찌 보면 막 떠오르는 아침 해 같기도 하고 서서히 지고 있는 황혼 같기도 합니다. 그렇다 해도 지평선과 가까이 있다는 점은 같아 보이네요. 처음과 끝은 결국 맞닿아 있는 모양입니다.

처음과 끝을 특이점이라고도 합니다. 더 나아갈 수 없는 지점이기 때문이지요. 특이점을 얘기하다보니 생각나는 분이 있습니다. 새해 들어 처음 읽은 책의 주인공이지요. 특이점에 이른 위대한 물리학자 스티븐 호킹 박사입니다. 블랙홀 하면 떠오르는 분이기도 하지요. 같이 근무하는 동료 직원이 보름 전 선물한 『나, 스티븐 호킹의 역사』라는 책에 유난히 자주 언급된 단어가 특이점입니다. 아마 호킹 박사와 관련이 깊은 단어라서 그런 것 같습니다. 언론에 노출된 그분의 모습을 떠올리면 삶이 참 고단해 보이지요. 그러나 그의 자서전을 보게 되면 꼭 그렇지만은 않음을 엿볼 수 있습니다.
1963년 스물한 살 되던 해에 그는 루게릭병 진단을 받습니다. 불치병에 걸려 몇 년 안에 사망에 이를 가능성이 높다는 충격적인 소식을 접한 것이지요. 그러나 그는 좌절하기보다는 상황을 담담하게 받아들입니다. 그는 무슨 일이 일어날지, 병이 얼마나 빨리 진행될지 몰라 딱히 할 일이 없었다고 회고하고 있는 것을 보면 말이지요. 그리고 그가 병원에 머무는 동안 맞은편 병상에서 백혈병으로 죽은 소년을 떠올리며 자신보다 더 안타까운 사람이 있다는 사실로 위안을 삼기도 합니다. 그는 심지어 오히려 삶을 즐기고 있음을 자각하고는 스스로 놀라기도 했다고 하네요. 50년이 더 지난 지금까지 말도 못하고 겨우 손가락 한두 개를 움직이며 휠체어에 붙박인 채로 살고 있지만 그는 우주 전체를 논하는 가장 유명한 과학자로 여전히 활동하고 있습니다. 정말 대단한 일이지요. 생의 끝이 임박했다고 느끼는 순간, 오히려 더 강한 의욕으로 이를 극복해 낸 것인지도 모릅니다. 찬란한 황혼 빛과 같이 말이지요. 그리고 그것은 다시 새로운 시작으로 이어진 것이 분명합니다.

호킹 박사의 책에서 유난히 관심 가는 부분이 '시간 여행'입니다. 우리가 자주 접했던 타임머신과 관련된 내용이 있거든요. 그는 '시공은 닫힌 시간꼴 곡선을 허용할까?'라는 질문을 던집니다. 즉 출발점으로 되돌아가는 시간 여행이 가능하냐는 질문이지요. 그리고는 자답합니다. 설령 미래에 어떤 다른 이론이 발견된다고 하더라도 그것은 영원히 불가능할 것이라고요. 그러나 지금까지 밝혀낸

과학의 영역에서 그렇다는 것이 아닐까라는 생각을 해봅니다. 처음이 바로 끝이고 끝이 바로 시작이라는 생각을 떨칠 수 없으니까요. 그 둘은 서로 맞닿아 있어서 결국 하나가 아닐까요? 끝

화이트, 화이트, 화이트

[전북일보 미생 칼럼, 2019. 03. 14]

　세상에 난무하는 새빨간 거짓말이 아닌, 세 '하얀' 이야기를 오늘
은 해보려 한다.

　먼저 하얀 날, 화이트 데이 얘기다. 요사이 편의점, 슈퍼, 제과점
을 지나칠라치면 인도 쪽으로 빼꼼하게 얼굴을 내밀고 있는 진열
대 위 선물들이 유난히 눈에 띄곤 한다. 겉으론 무심한 척 하면서
도 모두들 화이트 데이가 임박했음을 안다. 남성이 좋아하는 여성
에게 사탕을 선물하며 사랑을 고백하는 날, 오늘이 바로 그날이다.
어깃장을 놓을 생각이 있는 것은 분명 아니지만 이번에도 필자에게는 꼰대 정신이 발동한다. 이 또한 일본인들의 상술이니 눈 부릅 뜨자고 말이다. 하지만 자신에게 쏟아질 젊은이들의 냉소가 두렵 다는 게 또 꺼림칙하다. 사랑하는 이들이 만나 사랑을 고백하고, 결 혼을 하고, 그래서 아들딸을 낳으면 참 좋은 일이다. 인구 절벽이라 는 절체절명의 위기를 겪고 있는 작금의 상황에서는 더욱 더 그렇 다. 다만 왜 하필 여기다 '화이트'라는 단어를 갖다 붙였는지 그게 개운치 않을 뿐이다. 차라리 '속삭임 날'이나 '고백의 날' 정도로 명 명했으면 좋았을 것을…. 어렸을 때부터 '백의민족'에 인박혀 살아 온 기성세대로서는 '순백의', '결백한', '정직한'이라는 느낌을 주는 화이트라는 단어가 이런 상술에 맥없이 소비되는 게 영 마뜩잖아 서다.

두 번째는 옛날 이야기다. 긴 겨울 밤, 온 종일 얼음 지친 노곤함 으로 눈꺼풀이 연신 내려 앉으면서도 이야기꾼의 얼굴에서 눈을 떼지 못하고 듣던 얘기 중 하나다.

훈장님은 참으로 난감하였다.

'저 고약한 녀석을 어떻게 혼내 줄까?' 아무리 생각해도 묘안이 떠오르지 않는다. 오늘도 다른 학동들은 큰 목소리로 천자문을 따 라 읊고, 열심히 붓을 휘둘러대는데 유독 그 녀석만 꾸빅꾸'벅 졸고 있는 게 아닌가? 혼낼 요량으로 불러내어 '뭣 때문에 한나절을 꼬박 줄고 있느냐'고 다그쳤더니 대답이 걸작이다. '훈장님이 그토록 존경하시는 공자님을 뵙고 왔다'는 것이다. 뵈었으면 바로 올 것이 지 왜 이리 늦었느냐고 채근하자 점입가경이다. '훈장님처럼 그분 도 훈화 말씀을 하도 길게 하셔서…'로 응수한다. 학동의 대답을 좋 게 보면 선의의 거짓말, 즉 화이트 라이라 할 수 있다. 하지만 아이 들을 바르게 인도해야 할 훈장님으로서는 그냥 웃어 넘길 일이 아 니다. 따끔히 혼내줄 방도를 찾아내야만 한다.

오늘의 세 번째는 머리가 하얘지는 이야기다. 어느 목사님이 털 어 놓은 고민이다. 중요한 의사결정을 할 때마다 장로님 한 분이 꼭 딴지를 거는데, 그것도 신성한 하나님을 들먹이면서 자기주장 을 굽히지 않는다는 것이다. 예컨대 이런 경우다. 소외된 이웃을 위 한 지원사업으로 관내 복지원 지원을 결정하고 그 지원 방법을 논 의하는 과정에, 불현듯 교회 내에도 어려운 사람이 많으니 이미 확 정된 복지원 대신 그 장로님과 친분이 있는 특정 교인을 지원하자 고 강력히 주장하는 식이다. 기도하는 가운데 하나님께서 본인에 게 그리 말씀하셨다고 하면서 말이다. 이런 말을 들을 때마다 듣고 있는 다른 분들은 머리가 하얘진다고 한다. 하나님의 말씀이라는 데 목사님이든 다른 장로님들이든 그분의 주장이 이치에 맞지 않 다고 반박하기가 참 난처했으리라. 그렇다고 건건이 그분의 주장을 따르자니 일이 제대로 되지 않아 참 난감하다는 것이다. 과연 그 장로님을 말릴 방법은 없는 것일까? 천만에. 목사님은 조만간 훈장님의 이야기에서 묘안을 찾아낼 것이다.

훈장님은 그 이튿날도 동일한 레퍼토리로 거짓을 고하는 그 어린 학동을 불러 세웠다. 그리고 먼저 꿀밤을 제대로 한방 먹이시고는, 근엄하게 일갈하셨단다.

"떼끼, 이 녀석아! 어찌 그런 거짓말을 하느냐? 좀 전에 공자님을 뵙고 왔는데, 최근에 널 본 적이 한 번도 없다고 하시더라. 다음부터 공자님을 뵈러 갈 때는 꼭 미리 얘기하고 가거라. 아니면 나랑 같이 가든지."

눈에는 눈 이에는 이, 어찌 되었든 오늘은 화이트 데이다. 蒸

견제되지 않는
권력의 위기

[전북일보 미생 칼럼, 2019. 04. 11]

필자의 지난 달 칼럼 〈화이트, 화이트, 화이트〉를 흥미롭게 읽었다면서, 독자 한 분이 '이야기를 살짝 좀 비틀어서 학동이나 장로님이 아니라 훈장님이나 목사님이 동일한 문제를 일으켰다면 어찌 되었을까?'라는 질문을 던졌다. 어땠을까?

학동들은 참으로 난감하였다. '저 훈장님을 어찌 한단 말인가?' 아무리 생각해도 묘안이 떠오르지 않는다. 오늘도 학동들은 한 글자라도 더 배우려고 천자문을 반복해 읊조리고 있는데 훈장은 보료 위에 앉아 눈을 감은 채 장단 맞추듯 고개를 상하로 끄덕이고 있다. 그러다가 가끔씩 눈을 뜨고는 "왜 큰소리로 천자문을 외지 않느냐?"며 호통을 치시더니 이제는 아예 장침에 비스듬히 기대시는 게 아닌가?

얼마나 분하고 답답했던지 어느 겁 없는 학동이 자리에서 벌떡 일어나 "훈장님, 저희가 '하늘 천'에서 '거칠 황'까지를 얼마나 더 반복해야 합니까? 며칠째 그리 눈감고 계시는데 주무시려면 댁에 가서 주무시지요!"라며 냅다 고함을 질렀다.

고함 소리에 놀라 잠에서 깬 훈장은 일순 당황한 기색이 만연했지만 곧 평정을 찾고 태연하게 대답하신다.

"성리학의 대가이신 이황 선생님을 잠시 뵙고 왔다."

학동들이 수군대며 "한 번 다녀오시면 될 것이지 왜 그리 며칠씩이나 오가시느냐?"고 합창하듯 항변하자 대답이 또한 기가 차다. "퇴계 선생께서 아이들 공부는 스스로 하게 하고 수시로 서로 만나 거대 담론을 나누자 하시니 낸들 어찌 하랴."

제자로서, 스승이 아무리 도를 넘는 일탈을 했다고 하더라도 이를 지적하기란 쉽지 않다. 더군다나 직접 접근하여 사실관계를 확인하기가 애당초 불가능한 대학자를 끌어들이면서 사실을 호도할 경우, 학동으로서는 달리 대응할 방도가 없다.

"제가 잠시 꿈에서 퇴계 선생을 만나 확인했는데 훈장님은 아예 오신 적도 없다고 하던데요"라며 학동이 위트로 되받아친다 한들 재치 있다는 말은 듣겠지만 학동의 말에 권위가 생기지는 않는다. 설령 끌어들이는 대상이 쉽게 접근 가능한 분이라 하더라도 그분이 훈장님과 특수관계일 경우 역시 진실은 드러나기 어렵다.

비단 배움의 세계에서만이 아니다. 가정에서도, 지역공동체에서도, 종교계에서도, 경제활동의 장에서도 마찬가지다. 더욱이 정치집단이나 권력기관 내에서 하급자가 상급자의 잘못을 지적하는 것은 지극히 어렵다. 스스로 불이익을 감수하려고 마음 먹지 않는 한 그냥 혼자 감내할 일이지 선뜻 말을 꺼내서는 안 된다. 일단 말을 꺼내는 순간, 아무리 합리적 의심을 한다 하더라도 그 입증 책임은 문제를 제기한 사람에게 있기 때문이다. 주장만 난무하고 실체적 진실은 제대로 규명되지 않는 게 다반사인 그쪽 세계에서는 더 그렇다.

혹여 상대가 일말의 양심은 남은 상급자여서 '행위는 밉지만 너를 용서하겠노라'며 감싸 안아준다 한들 종국에 서로에게 남는 앙금마저 해결해줄 수는 없다. 공익 제보의 어려움이 여기에 있다. 그러니 '모든 것에 눈을 감아 버리자. 아니면 그 골치 아픈 일은 내가 아닌 다른 사람이 하게 내버려 두자'며 문제에서 비켜서거나 아예 외면해버리는 쪽을 택할 가능성이 높다.

"훈장님, 저희가 천자문을 얼마나 더 반복해서 읽어야 합니까?"
"옛 성현을 만나고 있거늘 이 녀석들, 웬 소란이냐!"

그런데 말이다. 조직의 위기는 여기서 시작된다. 모두들 입을 다물고 있으니 소통은 사라지고, 쌍방향 소통이 없어진 자리에 일방적 지시와 무조건적인 복명복창만 남을 뿐이다. 그런 사회에서는 견제되지 않은 일탈이 힘을 받게 되고, 그로 인해 사회에 부조리가 만연케 되고, 결국은 소통의 부재에서 오는 상호간의 불신이 조직을 무너뜨리고 만다.

　오늘 조용히 생각해 본다. 내가 몸 담고 있는 조직에서 필자는 혹시 어떤 역할을 연기하고 있는가 하고 말이다. 뿔난 학동? 당황한 훈장? 어리둥절 퇴계 선생? 好

미생 이야기 2

초판 1쇄 발행 2022년 12월 20일

지 은 이   이강만 ⓒ 2022

펴 낸 이   김환기
펴 낸 곳   도서출판 이른아침
주   소   경기 고양시 덕양구 삼원로 63 아크비즈센터 927호
전   화   031-908-7995
팩   스   070-4758-0887
등   록   2003년 9월 30일 제313-2003-00324호
이 메 일   booksorie@naver.com
ISBN 978-89-6745-138-7 (03810)